온천에서 음식으로 이어지는
유쾌한 산책 같은 이야기

약삭빠르게
온천

*

구스미 마사유키 지음
최윤영 옮김

북포레스트

차례

제1화 쓰나시마온천과 꼬치구이 7

제2화 다카이도온천과 회전초밥 30

제3화 사사즈카온천과 삶은 감자 47

제4화 하코네 갓파천국과 시폰케이크 65

제5화 아사쿠사칸논온천과 소힘줄조림 82

제6화 가마타온천과 생햄샐러드 100

제7화 진다이지온천과 모둠튀김 메밀국수 119

제8화 하나코가네이온천과 아이스크림 137

제9화 도고시긴자온천과 오리크레송 156

제10화 아자부코쿠비스이온천과 볶음국수 173

오후 1시가 지난 시각, 작업실에서 기타를 튕기고 있는데 원고 독촉 전화가 걸려 왔다.

"죄송합니다. 지금 작업 중이니 밤에는 꼭 보내겠습니다."

작업 중이기는. 거짓말을 했다.

내일까지 마감을 연장해줄 수 있음을 나는 알고 있다. 편집자도 오늘이 마감이라고 살짝 거짓말을 한 것이다.

그래도 나는 약속대로 오늘 안으로 완성할 작정이다.

하지만 '오늘 안'이라면 지금 당장 시작하지 않아도 시간은 충분하다.

전화를 끊자마자 가방에 수건과 갈아입을 속옷을 챙겨 넣었다.

그런 다음 신발을 신고 서둘러 작업실을 나섰다.

전화로는 그렇게 대답해 놓고 약삭빠르게 온천으로 가는 것이다.

온천이다.

목욕탕이 아니다.

기치조지吉祥寺에서 이노카시라선井の頭線을 타고 시부야渋谷로 가, 거기서 도요코선東横線으로 쓰나시마綱島까지 간다.

쓰나시마에 오래된 온천이 있다. 그곳을 첫 행선지로 결정하고서 실행. 일은 도통 안 하면서 이런 건 바로 한다.

'지독한 놈'이라고 생각한 사람도 있을 텐데, 의외로 다들 그러지 않나?

시부야까지 급행으로 16분. 시부야에서 다시 급행을 타면 쓰나시마까지 28분. 환승 시간을 생각해도 1시간 이내로 갈 수 있는 온천이다.

약삭빠르게 몸을 담갔다가 오기에 안성맞춤.

편집자도 설마 내가 온천에 갔으리라고는 생각 못 할 테지.

쓰나시마에서는 라이브 공연을 한 차례 한 적이 있다. 공연 뒤풀이 때 쓰나시마가 과거 '도쿄의 안방'으로 불리던 온천 마을이었음을 알았다.

다이쇼* 시대에 라듐 광천이 나왔으니 그때 이후의 이야기인 듯하지만.

황금기에는 70채나 있었다는 료칸도 지금은 흔적조차 없다.

신칸센과 특급열차인 로맨스카가 개통되어 아타미熱海나 하코네箱根, 오다와라小田原가 가까워지면서 쓰나시마온천은 쇠퇴하고 말았다.

오랜 역사로 보자면 별안간 나타났다가 이내 사라진 온천 마을. 시대는 잔혹하다.

그리하여 유일하게 남은 것이 '도쿄엔東京園'이라는 당일치기 온천 시설. 그리로 간다.

역에서 지도를 보니 엄청 가까워서 놀랐다.

동쪽 출입구에서 1분 정도 걷자 큰 거리 너머로 ♨ 마크와 '도쿄엔'이라 적힌 레몬색의 큰 건물이 보였다.

옛날 볼링장 같은 인상이다.

그런데 입구의 유리문은 옛날 마을회관 같은 인상. 들어

---

* 1912년부터 1926년까지를 일컫는 일본의 연호.

가니 오른쪽으로 옛날 영화관 매표소 같은 협소한 카운터에 아주머니 혼자 앉아 있다. 이곳은 옛날 영화관 같다.

인상은 계속해서 바뀌나 하나같이 앞에 '옛날'이 붙는다.

요금이 양심적이랄까, 조금 희한하다.

영업은 오전 10시 반부터 오후 5시까지이고, 요금은 성인 900엔. 그런데 1시간 반 이내로 나오면 400엔을 돌려준다! 이런 시스템의 온천 시설은 처음이다.

오후 4시 이후에는 450엔의 목욕탕 요금이 되는 것도 흥미롭다.

그리고 일반 손님은 입장료를 지불하면 시간 내에 몇 번이고 목욕을 할 수 있으나 목욕탕 요금을 낸 사람은 한 번만 이용할 수 있다.

이 규칙도 참으로 인간적이다. 4시부터 5시는 오전 이용객과 시간이 겹치기 때문이다. 아무렴, 똑같이 적용해서는 안 되지. '목욕탕 요금'의 등장에는 서비스와 고객 유치를 위한 연구와 고심이 배어 있다.

계산을 하고 둘러보니 새삼 묘한 분위기.

넓은 현관에 어울리지 않게 뜬금없이 세워져 있는 책장 같은 흰 나무 선반에 갖가지 토산물들이 어지럽게 놓여 있었다.

삼색 콩.

밤 양갱.

여름귤.

절임 매실.

고구마말랭이.

생강 절편.

마늘장아찌.

시루코샌드.*

이동식 진열대 앞에는 작은 테이블도 있었는데 거기에는 한 장에 200엔인 오코노미야키와 한 개에 100엔인 고로케가 랩에 싸인 채로 놓여 있다.

이건 뭐야.

다른 이동식 진열대에는 손수 만든 것으로 보이는 짚신 슬리퍼.

완전히 노인정이구만. 시루코샌드라니.

소위 건강랜드** 이미지를 생각하고 들어온 터라 현기증이 난다.

---

* 팥이 든 비스킷.
** 목욕탕이나 사우나 등의 입욕 시설을 중심으로 휴게실, 게임 센터, 레스토랑 등을 갖춘 대형 위탁시설.

아, 여긴 어디인가. 돌아가는 길에 사서 가는 걸까. 아주 그냥 시골 장터로군.

신발을 신발장에 넣고 올라서니 더욱 놀랍다.

바로 오른쪽에 나타난 것은 넓은 다다미 단상. 좌탁이 놓여 있고 그 위에는 페트병과 맥주병이 난잡하게 어질러져 있다. 그리고 좌탁과 좌탁 사이에는 목욕을 끝낸 사람들이 쿨쿨 자고 있다.

시뻘건 얼굴의 아저씨가 누운 채로 눈을 치켜뜨고서는 내 얼굴을 빤히 올려다본다. 나도 모르게 눈을 돌렸다.

공간이 폭넓고 안쪽에 ㄱ자 모양으로 꺾인 긴 카운터가 있다.

가까이 다가가니 그 위에는,

꼬치구이.

생선구이.

새우구이.

오징어링 튀김.

전병.

모나카.

술안주 같기도, 화과자 같기도 한 것들이 빼곡하게 진열되어 있다.

현관에서 본 오코노미야키도 팔고 있다. 오호라.

벽보에는 '라면' 400엔이라 적혀 있다. '우동', '판메밀', '볶음국수', '어묵'도 있다. '비프카레' 350엔, 싸다. '소고기덮밥', '계란덮밥'은 된장국 포함해서 350엔, 싸다 싸. '소곱창조림'은 250엔이란다. 안쪽에 제법 넓어 보이는 주방이 보인다.

음료도 생맥주, 병맥주, 각종 사워, 홋피*, 일본주, 위스키까지 다양하다. 당연히 소프트드링크도. 거의 술집이군.

게다가 이곳은 음식물 반입이 가능하다.

엄청나네. 없는 게 없다.

눈앞의 광경에 놀란 내 귀에 노래방 반주 소리가 들린다.

나는 솔직히 노래방 기기의 그 독특한 사운드를 안 좋아한다. 더구나 특히 큰 객실에서의 에코, 인공적이고 강압적인 울림은 껄끄럽다.

그 큰 객실에서 반주 소리가 흘러나오고 있다. 그러나 어쩐 일인지 노랫소리가 안 들린다.

---

* 맥주 맛이 나는 무알콜 음료수로 아직도 옛 맛이 그리워 찾는 사람들이 많다.

노래방 기기의 반주 소리만 울리는 중이다. 무슨 일이람? 그런 생각을 하며 소리가 나는 쪽으로 가봤다.

깜짝이야. 족히 이백 명은 앉을 수 있음 직한 큰 객실이 있었다.

세 쌍 정도의 손님 말고는 텅텅 비어 있다. 거기에서 반주 소리가 울리고 있다.

조심스레 발을 들이니 왼쪽으로 큰 무대가.

그리고 그 무대에서 노래 부르는 사람은 없고 무려 춤을 추고 있는 중년의 남녀가 한 쌍. 이른바 사교댄스. 소셜댄스다.

무드가요*라고 해야 하나, 평소에 듣지 않는 장르의 반주에 맞춰 묵묵히 춤추고 있다. 그래, '묵묵히'라는 표현이 딱 어울린다.

즐거워하지도 그렇다고 괴로워하지도 않고 무표정으로 성실히, 담담하게 춤추고 있다.

'이렇게 한 다음, 이렇게 하고' 하는 식으로 절차를 진지하게 수행하고 있는 느낌.

---

* 일본에서 발달한 음악 장르의 하나로 코러스를 주체로 하여 무드 코러스라고 부르기도 한다.

모니터에는 완전 싸구려 이미지 영상이 나오고 있다. 화면 아래에는 가사를 불러야 할 시점에 맞춰 색이 바뀌어 간다. 헌데 아무도 안 부른다.

순간 봐서는 안 되는 장면을 봤나 싶은 기분이 들었다.

그러거나 말거나 춤을 추는 두 사람은 나 따위는 전혀 안중에 없다. 늘상 있는 일인 것이다.

다른 손님은 모두 벽 쪽에 앉아 있다. 벽이나 기둥이 등받이가 되는 것이다. 그러나 아무도 댄스는 안 쳐다본다.

남성은 옅은 블루 와이셔츠에 검은 슬랙스, 나일론 양말.

여성은 자줏빛 무늬의 블라우스에 검은 롱스커트. 검은 발레슈즈 같은 신발.

이렇게 춤을 추기 위한 의상이겠지.

댄스는 스텝이나 자세가 정해져 있는 모양인지 빙글빙글 돌았다가 떨어져서 양손을 획 들거나 한 손을 마주 잡고서 반대쪽 손발을 쭉 뻗기도 하고, 어려워 보인다.

저건 연습이겠지.

그래도 이런 곳에서. 노래방 반주로.

우두커니 서서 보고 있는 것도 실례인 것 같아 일단 탕에 몸을 담갔다가 오기로 했다.

탈의실은 널찍하다. 가로로 길며 일반 목욕탕의 두세 배는 되는 크기다.

한 할아버지가 속옷 차림으로 카운터의 아줌마와 이야기를 나누고 있었다. 돈은 입구에서 지불하니 카운터는 감시대 역할이려나.

"그런 수술은 간단하더군."

"그렇다면서요."

"응. 요새는 기술이 좋으니까."

"세상 좋아졌죠."

노인도 수술은 무섭다. 끝나서 다행입니다.

흰 U넥의 긴팔 셔츠를 흰 바지 안에 넣어 입었다. 바지 아래 자락은 흰 양말 안에 넣었다.

얼굴과 손을 제외한 전신이 희다. 새하얀 미라 같다.

욕탕은 널찍했고 한가운데에 크고 둥근 욕조가 있었다. 얕은 김이 나는 시꺼먼 물이 가득 차 있다. 도쿄 근교의 온천은 대부분 물이 검은데 이곳은 그중에서도 상당히 검다.

몸을 대충 씻고 서둘러 들어간다.

오, 물의 감촉이 부드럽고 섬세한 느낌이 든다. 아주 진한 갈색이라 손바닥을 10센티미터 정도 물에 담그면 하나도 안 보인다.

들어가 있는 사람도 목만 둥둥 떠 있다.

사진으로 봤을 땐 검은 국물에 들어가 있는 것처럼 보이더이다. 간장에 절여진 것처럼도 보이더이다.

그런데 실제로 들어와보니 기분 좋다. 물의 온도도 몸을 오래 담그고 있기 좋을 정도로 살짝 미지근하다.

그러나 벽과 천장은 타일 색이 화려하다. 온천치고는 정도가 지나치다.

천장은 기하학무늬로 디자인되어 있는데 뭔가 어중간하니 요상하다. 그게 또 낡아서 시꺼먼 게 뻐끔뻐끔, 곰팡이인가? 처음에는 필시 세련됐을 텐데, 좀 애석한 구식이다. 천장은 높아서 청소가 힘들어 보인다.

그런데 생각해보니 일반 목욕탕도 천장은 높잖아, 그 천장은 어떻게 청소하려나? 생각해본 적이 없었다.

아니, 트집 잡는 게 아니다.

그런 칙칙한 수준 낮은 인색함은 더운 김에 사라질 만큼 온천이라는 존재는 기분이 좋다.

목욕탕과는 전혀, 완전히 다르다.

목욕탕은 매일같이 와서 잠깐 들어가 몸과 마음의 긴장을 푸는 대중탕이다. 그건 그것대로 대단하나.

그러나 온천은 좀 더 느긋하게 유유히, 방문자의 심신을 받아들이는 시설이다.

목욕탕은 일을 땡땡이치고 갔다 와도 '약삭빠르다'고는 생각지 않을 것이다.

그런데 이것이 온천에 다녀왔다가 되면 '뭐라고? 약삭빠른 놈이구만!' 하며 고개를 절레절레 흔들겠지? 화를 내려나.

목욕탕이 일상 속의 에어 포켓이라면 온천은 비일상의 오아시스다.

손님도 목욕탕보다 생기가 넘쳐 보인다.

나와 동시에 들어왔던 손님.

영화배우 미네 류타를 닮은 남자.

곁눈질로 희번덕거리며 다른 손님을 쳐다본다. 살짝 고르고13*을 의식하고 있는 느낌. (말도 안 되는 헛소리다.) 그나저나 검은 물이라 목만 둥둥 뜬 상태.

---

* 의뢰받은 일은 반드시 완료하는 초일류 저격수 고르고13의 이야기를 그린 애니메이션.

만화가 다니구치 지로를 닮은 남자.

백발이 성성한 장발. 탕에 들어갈 때 머리칼을 뒤로 묶
는 행동이 여장 남자 같다. 그러나 당당하게 드러낸 하반신.
(당연한 소리잖아.)

시끄러운 사람.

몸을 씻으면서 "카악~~~ 퉤." 하고 큰 소리로 몇 번이나
가래를 뱉고 헛기침을 하더니 콧노래를 부른다. 찬물에 담
근 수건으로 몸을 씻은 다음 머리에 척 올리고서 "아~~~~
기분 조타. 후유-! 아-." 혼잣말을 연발하더니 우두둑우두
둑 소리가 날 정도로 목을 돌린다. 좀 진정하쇼. (쓸데없는 참
견이다.)

사이좋은 두 사람.

대머리 노인과 백발노인. 백발이 대머리를 굉장히 좋아
하는 느낌. 대머리를 따라 탕을 들락거린다. 나란히 몸을 담
그거나 싱글벙글 웃고 있어 사이가 끈끈해 보이는데, 대머
리가 백발을 조금 성가셔하는 느낌도 난다.

"등 밀어줄게."

백발이 비누를 묻힌 수건으로 내려리의 등을 문지르고

있다. "이런 데는 손이 잘 안 닿잖아" 한다. 이미 열 번도 더 말한 느낌이다. 대머리는 말이 없다.

뜬금없이 휘파람 부는 사람.

탈의실에서 나와 티셔츠와 팬티 바람으로 어정버정 돌아다니네, 싶었는데 잠시 후 다시 전라로 욕탕에 들어와 입욕. 뭐지? 싶어 쳐다보니 눈을 감은 채로 뜬금없이 휘파람을 불기 시작하기에 웃음이 터질 뻔했다. (뭐 상관없다, 자기 마음이니!)

이런 다양한 사람들이 들어와 한낮의 평일임에도 완전히 휴일 같은 공기. 비일상적 느낌이다.

몸을 닦고 탈의실로 들어섰는데 과연 온천이로군. 시간이 지나도 몸이 따끈따끈하니 땀이 안 식는다.

팬티만 입고 탈의실 의자에 앉아 땀이 식기를 기다린다.

그 사이 아까 봤던 사이좋은 두 사람이 나란히 나와 백발이 하는 말.

"아, 역시 목욕은 기분이 좋아. 최고의 진수성찬이로군!"

그 말에 대머리는 대답이 없다.

진수성찬이라. 목욕을 음식에 비유하다니.

그런데 그렇게 생각하면 도쿄엔의 물은 보기에는 색이 짙고 미끈거리나 먹어보면 의외로 담백한 맛의 인상. 그럼에도 감칠맛이 있어 계속해서 떠먹고 싶은 수프를 연상시킨다. 뒷맛이 산뜻하면서도 여운이 길게 남는다.

온천을 음식이나 음료에 비유하면 알기 쉬울지도 모르겠다. 보얗게 흐린 온천에도 탁주 같은 물과 식혜 같은 물이 있다. 투명한 온천에도 살짝 매콤한 물이 있는가 하면 맑은 국 같은 물도 있다.

그건 그렇고 탕에서 나와 옷을 갈아입고 건물 내부를 살짝 탐색해봤다. 2층에 올라가니 이곳에도 이백 명은 수용 가능한 큰 객실이 있었는데 아무도 없다. 노래방 기기와 무대는 있다.

복도가 나 있는데 이곳은 옛 목조 학교 건물을 떠올리게 하는 인상이다.

유리 미닫이문이 있는 독실 몇 개가 나란히 있다. 한 방당 열 명에서 열다섯 명이 들어가려나. 이곳은 신청하면 빌릴 수 있다. 더구나 그 비용이 입장료를 포함해서 한 사람당 1,000엔. 입장료 플러스 단돈 100엔.

어때요? 끝내주지요?

음식물 반입도 가능하다. 별로 안 알려주고 싶어졌다.

그곳을 지나면 정원 백 명 정도 수용 가능한 연회장. 당연히 노래방 무대도 딸려 있다.

2층에서 도쿄엔의 정원이 보인다. 이런 역 근처치고는 상당히 쓸데없이 넓다고 말하고 싶을 만큼 널따란 정원. 다양한 식물이 심겨 있다.

온천 후 눈을 호강시키는 빼곡한 초록. 목욕탕의 안뜰은 도저히 상대가 안 된다.

장관을 이루는 굵다란 벚나무가 한층 돋보인다. 이날은 때마침 만개 시기가 끝나고 한창 떨어지는 중이었다. 풀 위로 꽃잎이 수북하다. 아름답다.

다른 계단을 통해 1층으로 내려온다. 아무튼 방이 아주 많고 크다.

도쿄엔 규모에 놀랐으나 평일 탓인지 텅 비어 있다. 온천을 끝낸 낮에 적적하고 싶지 않은데. 주말에는 혼잡하려나.

생맥주와 꼬치구이 두 개로 구성된 '맥주 세트'를 카운터 아저씨의 추천으로 샀다. 500엔. 싸다.

그리고 이 건물의 메인으로 보이는 1층의 큰 연회장 같은 휴게실로 다시 들어간다.

깜짝이야. 무대 위에는 사교댄스를 추고 있는 남녀가 세 쌍!

이런 장소였구만.

모르는 규칙이 있다. 영문을 알 수 없는 큰 객실에 뭣도 모르는 생무지 한 명. 마음이 불안하다.

어디에 앉아야 하나. 헤매다가 최대한 눈에 안 띄는 구석 자리면서 입구에 가까운 곳으로 한다.

"아, 거긴 간바라 씨 자리예요!" 하고 낯선 아주머니에게 한소리 들으면 어쩌지, 잠깐 그런 생각이 들었다.

"네, 처음이신 분은 저기서 곡을 정하고 이름을 말해주세요. 호명되면 음악이 나오니까 춤을 추세요."

이런 말을 들으면 어쩌나.

그러나 자리에 앉자 왠지 모르게 방의 풍경에 섞여 든 느낌이라 안정이 되었다. 생맥주가 맛있다. 꼬치구이 양념의, 살짝 달큼하니 걸쭉한 느낌이 반갑다.

목욕을 끝마친 사람도 늘었다. 혼자 온 손님은 나 하나로 (조금 전만 해도 좌탁에서 무언가를 쓰고 있는 여성이 있었는데 갔나 보다) 모두 부부나 단체.

어딘가에서 맥주 케이스를 들고 와서는 위에 방석을 올

려 의자처럼 앉아 있는 사람도 있다. 그 사람이 속한 무리에는 여성이 많은데 테이블 위에 '니카이도二階堂' 제품의 소주병이 세워져 있다. 마실 의욕이 불타오른다. 꽃놀이에서나 볼 수 있는 찬합이 펼쳐져 있다. 유리문 밖으로는 벚꽃이 흩날리는 푸른 정원이 눈앞에. 온천 후의 꽃놀이다.

역시 연령층이 높다.

아까와 달리 노래방 반주는 완전한 전통가요. 그러나 부르는 사람은 없다. 오로지 댄스.

조금 전 춤추고 있던 남녀는 테이블석에서 무대를 바라보고 있었다. 싱글벙글이다. 술은 안 마신다. 테이블에는 들고 온 물병뿐이다.

무대 위의 남녀는 모두 다른 느낌으로 춤추고 있다. 자유롭게 춤추고 있는 것처럼 보이나 제각기 남녀의 발이 딱딱 맞는 걸 보니 뭔가 규칙이 있는 듯하다. 풋내기는 아니다. 그러나 처음에 봤던 남녀의 동작이 화려하고 다양했다. 지금 춤추고 있는 사람들보다 자신들의 순위가 높다고 생각하고 있을 게 분명하다.

곡이 끝나자 한 쌍은 무대를 내려오고 나머지 한 쌍은 남아 있었다. 보고 있던 사람 중에 박수를 치는 사람도 있었는데 대부분은 수다를 떨거나 마시느라 무대는 무시다. 그런데 그 느낌도 평온하니 좋다. 과잉 주목도 박수도 없는 평온한 암묵의 양해.

"아메~ ♪"

라는 노랫소리가 들려 무대로 황급히 시선을 돌린다.

이번에는 육십 대 중후반으로 보이는 부인이 마이크를 들고 있다. 노래방 반주에 맞춰 열심히 노래를 부르고 있다.

부르는 사람도 있구만.

가수 미소라 히바리의 '사랑은 찬란하게'라는 노래다. 듣자마자 알았다. 첫 소절의 그 '아메' 소리가 미소라 히바리를 닮았다. 그래서 깜짝 놀랐다.

그 이후가 문제였다. 맹렬하게 못 부른다. 음치거나 노래가 서툰 사람이야 있기 마련이고 험담은 할 수 없으니, 이런 데서 '못 부른다'고 여기거나 입 밖에 낸 적은 없다.

그러나 이렇게까지 원곡을 파괴하는 노래는 처음 들었다. 우선 음정이 엉망진창. 하나도 안 맞다. 거기에 더해 멋대로 멜로디를 만들고 있다.

노래가 더더욱 반주음과는 다른 길로 막 나간다. 음을 지나치게 길게 빼다가 황급히 말이 빨라진다.

오히려 화면의 기사보다 앞서 불러버려 화면을 켜나보면

서 가사가 따라오기를 기다린다. 음치의 특징, 음치의 베리에이션을 단 한 곡으로 모두 들려주었다.

하지만 본인은 전혀 자각이 없다. 부끄러움이 없다. 그런데 의욕도 없다. 태연하게 평상심으로 담담히 낭랑하고 엄숙하게 못 부른다.

대단한 장면을 보고 들었다. 뭘까 저 사람은.

그러나 아무도 웃지 않는다. 아무도 제대로 안 듣는다. 그리고 그녀의 주변에서는 노래에 맞는 듯 전혀 안 맞는 사교댄스가 한창일 뿐이다. 노래가 끝나자 노래방답게 인사도 없이 살짝 만족스러운 표정으로 가수는 다다미석으로 돌아갔다.

백일몽을 꾼 듯했다.

유리문으로 오후 햇살이 큰 객실에 흘러넘친다.

옆 테이블의 사람과 이야기를 나누고 있는 아주머니.

"일요일에 와요?"

"그럼요, 오죠."

"그렇구나. 아다치 씨도 온대요."

"그래요? 그 사람들도 오래 하네요."

"그러게요."

"일요일은 아와오도리* 공연도 있고요."

아와오도리? 대체 무슨 일이 벌어지는 거지?

나는 맥주를 비우고 자리를 떴다.

처음의 남녀가 무대에 올랐다. 무조건 부부겠지. 다른 남녀도 부부처럼 보인다. 이런 노년의 부부관계도 괜찮으리라, 분명.

'해변의 비긴'이라는 노래의 반주가 시작되었다. 부르는 사람은 없다. 역시 처음의 부부는 능숙하다. 정확히 말하자면 이것저것을 익히며 연습하고 있다. 전보다 살짝 의기양양. 그러나 약간 삐걱삐걱. 로봇 같다. 혹은 꼭두각시. 너무나도 착실한 한 쌍의 일본인답다.

"블루스와 달리 비긴은 어렵네요. 블루스는 단순하잖아요."

쳐다보고 있던 부인이 말했다. 역시 그런 세계로군.

블루스. 사교댄스의 블루스는 내가 애호하는 흑인블루스와 완전히 다른 세계라는 것쯤이야 알고 있으나 할머니라고 해도 될 중년 여성의 입에서 '블루스'가 나오니 놀랍다.

---

* 4월 말 봄에 작은 규모의 '하나하루페스티벌'이라는 이름으로 아와오도리 공연을 만끽할 수 있는 축제.

도쿄엔에는 내가 전혀 모르는 세계가 있었다.

머무른 시간은 약 100분. 조금 일찍 나가면 400엔을 거슬러 받지만 온천에서는 그런 쩨쩨한 생각은 더운 김과 함께 사라진다.

도쿄엔의 이 댄스와 노래방 반주와 연회의 세계는 시대나 토지 사정 같은 다양한 요인으로 서서히 자연스레 이러한 형태로 자리 잡았을 테지.

주인이나 누군가가 "모두 큰 객실에서 자유롭게 사교댄스를 춥시다!"라고 크게 호소한다고 해서 단숨에 이루어지는 세계가 아니다.

쓰나시마의 짧고도 농후한 온천 마을 시대의 활기참과 화려함의 마지막 한 방울이 이곳에 응축되어 남아 있을지도 모르겠다.

안 마시려고 했는데 가볍게 한 잔 들이킨 맥주의 취기는 작업실로 돌아가기 전에 이미 말끔하게 사라졌다.

책상에 앉아 바로 원고 작업에 착수해 도중에 저녁을 먹고 밤 10시에 완성한 원고를 편집자에게 보냈다.

띵가띵가 기타를 튕기거나 인터넷으로 뭔가를 보다 보면 순식간에 몇 시간이 지난다. 가길 잘했다.

일에 대한 직접적인 온천 효과는 있는 듯도 하고 없는 듯하기도.

그래도 마음에 여유가 남아 있다. 작업 하나 정도는 더 해낼 수 있을 것 같다. 정말이다.

제2화
다카이도온천과
회전초밥

걸어서 온천에 갔다. 작업실이 있는 기치조지역 앞에서 이노카시라공원으로 가 연못을 따라 왼편 동쪽으로 나무 그늘 길을 걷는다.

오후 2시다.

연못의 폭이 갈수록 좁아지다가 그 끝에서 쫄쫄 흐르듯 간다강의 원류가 시작된다.

오늘은 다카이도역까지 걸어가, 거기서부터 곧장 '다카이도온천 우츠쿠시탕美しの湯'에 후딱 다녀오겠다는 속셈이다.

이곳 물이 좋은 거야 이미 몇 번이나 들어가서 잘 알고 있다. 전차로 가면 기치조지에서 각 역마다 정차하는 전차를 타고 7분이면 다카이도高井戸에 도착한다.

하지만 이번에는 내친김에 약삭빠르게 긴 산책으로 가보자. 적당한 피로는 온천의 개운함을 배로 높여주니까.

온천의 서곡으로서의 산책. 두근거리는군.

간다강에 놓인 많은 다리를 줏대 없이 건너며 오른쪽 강변과 왼쪽 강변을 번갈아 걸어가는 일은 즐겁다.

강변에는 벚꽃길이 나무 그늘을 만들어 놨다. 신록의 계절이 참으로 기분 좋다.

조깅을 하고 있는 중년 남성과 스친다.

산책 중인 노부부. 작은 소리로 남의 험담을 늘어놓고 있다. 작은 소리라도 금방 알 수 있다. 대화에서 혐오의 분위기가 새고 있다. 소리를 낮춘 험담, 웃음을 동반하지 않는 험담은 건강에 해로운 기분이 든다.

험담에는 그와 동일한 양 이상의 웃음이 필요하다. 험담은 웃음을 섞어가며 마셔야 다음 날 개운하다. 직설적인 험담을 말없이 벌떡벌떡 들이켜면 다음 날 엄청난 숙취에 시달린다. 그걸 매일 밤 지속하면 중독이 되어 육체적으로도 정신직으로도 넝들어 죽는 시기를 앞낭기니 소심하는 편이 좋다.

험담하는 노부부는 농담이 나오지 않아서 웃음 대신 건강한 산책을 험담에 섞고 있는 걸지도 모르겠다.

작은 강은 순식간에 넓고 깊어져 콘크리트로 된 호안 시설, 이른바 도시의 하천으로 변해간다. 그래도 물이 아주 얕아 물살이 실로 평온하다.

큰 잉어가 헤엄치고 있다. 비단잉어도 있다. 간혹 오리도 있다. 쳐다보지만 딱히 재미는 없는 생물이다.

그 잉어인지 오리인지를 멍청히 사진으로 찍고 있는 대학생으로 보이는 남자 둘.

저런 사진을 어디에 쓰려고. 쓸데없는 참견이다만.

한 명은 이 맑은 봄날에 옷을 엄청나게 껴입었다. 해진 황색, 다시 말해 유치원생 입에서 나올 법한 응가색의 겨울용 재킷. 지저분하다.

나머지 한 명도 입시 학원 시절에 미쳐 있었을 감색 후드티에 2주 정도 입은 듯한 청바지 차림.

아직도 찍고 있다. 난간 위로 손을 뻗고서. 하찮은 오리인지 잉어인지를. 누군가에게 보여주겠지.

분명 그의 카메라며 컴퓨터와 휴대폰에는 별 볼 일 없는 쓰레기 사진이 수천 장은 저장되어 있을 거다. 찌질한 대학생의 손쓸 방도가 없는 산더미 같은 사진들.

어느 사이에 나까지 험담 모드가 되었다.

내 작업실에도 일평생 보지 않는 디지털카메라 사진, 더구나 싼값에 자동으로 제공되는 사이즈의 인화 사진이며 슬라이드가 그야말로 방대하게 방치되어 있다. 제정신이 아니다.

도대체 나 자신을 포함한 현대인은 뭘 하고 있나.

우주인이나 옛사람 눈에는 의미 모를, 머리가 이상한 무리로 보이겠지.

전부 버릴까. 내가 할 수 있을까.

투덜대며 이런저런 생각을 하더라도 공허하거나 가슴이 답답해지지 않는 것이 산책의 힘이다.

맑은 낮 동안 서두르지 않고 어슬렁어슬렁 걷다 보면, 가만히 앉아 결론도 안 나는 일에 골몰하는 것이 굉장히 몸에 해롭게 느껴진다.

그저 서두르지 말고 앞을 향해 걷자.

수국이 만발해 있다.

후지미가오카富士見ヶ丘역에는 전차고가 있고 인입선이 포크와 빗처럼 늘어서 있는데 밤중에 지나갈 때면 낡은 전자가 잠들어 있다.

지금은 텅 비어 선로만 늘어서 있다.

JR미타카역三鷹역에는 훨씬 큰 '전차고'가 있는데, 미타카 출생인 나는 주오선 위로 난 긴 '육교' 위에서 그것을 바라보는 게 좋았다.

그 콘크리트 육교는 상당히 오래돼 다자이 오사무의 사진에도 찍혀 있다. 지금도 있는데, 그 위를 걷는 게 좋다.

근처에 자리한 오래된 두부 가게에서 파는 '콩비지 도넛'이 맛있다. 그걸 사서 육교 위에서 먹으면 정말이지 끝내준다.

아, 먹고 싶어졌다.

후지미가오카에서 미타카의 콩비지 도넛을 먹고 싶어 하면 어쩌자는 말인가. 하지만 산책이니까. 속으로는 얼마든지 옆길로 새도 된다.

아무튼 후지미가오카의 전차고에는 친근함이 있다.

길 오른쪽에는 간다강이 흐르고 있고 맞은편에는 울창한 초록으로 뒤덮인 둑이 있었다.

그 지역은 출입 금지로 다양한 종류의 나무와 식물이 아무렇게나 나 있다. 저 안에는 필시 뱀도 있겠지.

도시의 초록은 그 대부분이 사람의 관리를 받고 있다. 그러나 이곳의 초록은 아주 좁은 땅이라고는 하나 방치되고 있다. 그 사그락거리는 무성한 잎의 모습이 이상하게 통쾌하다.

그나저나 이 둑 위의 땅에는 누가 살고 있으려나?

역시나 땀이 난다. 발에도 가벼운 피로가 느껴진다.

스기나미 소각장의 두껍고 높은 굴뚝이 보인다.

그 바로 앞에 다카이도역이 있다. 이제 곧 온천이다.

좋은 산책이었다. 좋은 운동이 되었다.

다카이도역 도착. 3시. 걷기 시작해 딱 1시간. 딱 떨어지는 숫자는 의미도 없이 기쁘다.

이노카시라선은 다카이도역의 서쪽으로, 순환 8호선과 교차해 있다.

이 순환 8호선을 곧장 북상하면 오기쿠보荻窪역 바로 앞에서 주오선과 맞닥뜨린다. 오기쿠보에는 역시 '나고미탕なごみの湯'이라는 온천 시설이 있다.

이곳은 얼마 전까지 '유토피아湯~とぴあ'라는 이름이었다. 사실 속으로 '촌스러운 이름'이라 여겼다.

가까워서 여러 번 다녔으나 '오늘은 유토피아에 갔다왔다'라는 말이 부끄러워 도저히 입 밖으로 나오지를 않는

다. 유토피아ユ-トピア의 말장난인 것도 낯간지러운데다 이 '유湯~'가 근질거려서 못 견디겠다. '유'를 어떻게 발음해야 하나. 몸을 배배 꼬아야 하나.

원래 간판에는 '패밀리랜드 유토피아'라고 적혀 있었다. 어느 순간 '나고미탕 유토피아'가 되었다.

시대에 아부하고 있다. 경영을 위해서라면 별수 없는 걸까. '무슨무슨 온천'도 몇십 년 후면 케케묵은 이름이 될 텐데.

그런 생각을 하자마자 갑자기 '우츠쿠시탕'에서 로고의 서체와 함께 유행을 타는 경박함이 느껴졌다. 마치 '내 맘대로 라면 아름답다면'과 같은 기분이다. (실제 그런 가게는 없지만.)

솔직히 깔끔하게 '다카이도온천'이면 되지 않나. 괜한 오지랖이다. 도무지 험담 모드가 멈추질 않는다.

알맹이를 둘러볼 차례다.

이 온천 시설의 장점은 청결함, 심플함, 크기 그리고 스포티함이다.

한 건물 안에 수영클럽이 들어 있어 주말에는 무려 다카이도온천에 온 사람도 입장료만 내면 수영장을 이용할 수 있다.

가격도 평일에는 900엔, 휴일 1,200엔으로 양심적이다.

신발장에 신발을 넣고 매표기에서 티켓을 구매해 열쇠와 함께 카운터로 가면 보관함 카드키를 받는다. 카운터 직원도 젊은 남녀로 완전히 스포티한 분위기다.

카운터 옆의 남녀 구별된 입구에 감색의 (남)과 적색의 (여)가 적힌 긴 포렴이 드리워져 있는데 이 온천에 전혀 안 어울린다.

탈의실도 '로커 룸'이라 부르는 편이 어울리는 공간.

속옷을 입지 않고 알몸으로 욕탕을 향하기가 불안해질 정도다.

나갔다가 나만 알몸이면 어쩌나.

다행이다. 미닫이문을 열자 알몸 알몸 알몸, 음모 음모 음모, 엉덩이 엉덩이 엉덩이의 대합창이었다. 아니 합창은 하지 않았다.

그런데 붐빈다. 대인기다.

그리고 젊은 사람이 많다. 이것도 특징.

이렇게 젊은 남자가 가득한 온천, 목욕탕, 찜질방을 알지 못한다.

노인은 말할 것도 없다.

그나저나 그 젊은 사람들 중에 체격이 좋은 자가 많다.

스포츠맨에게 반응 좋은 온천이라는 말이겠지.

오늘은 수건을 들고 왔다. 여기에는 바디 워시와 샴푸가 구비되어 있다.

더운물을 적신 수건에 바디 워시를 묻혀 몸을 문지르는 데 별로 거품이 안 인다. 온천물이라서 그렇다.

답답한 듯하면서도 기쁜 게, 하여튼 복잡한 기분이다.

그나저나 전신을 꼼꼼히 씻고 깨끗해진 몸으로 격식을 갖춰 탕으로 향하는 것이 '한 땀 빼는 온천'의 묘미다.

욕탕에는 온천 대욕조 외에 '릴랙스 배스', '드리미 배스', '에스테 배스', '에스테 제트' 등 다양하게 있고 그것을 통칭해 '어트랙션 목욕탕'이라고 부르는 듯한데, 전부 무시하고서 노천탕으로 향한다.

벌써 6월이라 바로 밖으로 나가도 별로 안 춥다.

이 노천탕은 천연석을 배치한 넓은 공간에 온천 개울과 이어진 '윗탕', '아랫탕'과 투명한 '내추럴이온탕'이라는 이름이 붙여진 세 개의 탕이 있다.

가장 큰 아랫탕에는 나무로 된 망루 같은 지붕이 달려 있다. 비 오는 날이나 눈 오는 날에는 이게 큰 활약을 하겠지.

주위에는 많은 나무가 심겨 있고 벽 밖에도 큰 나무들이 우거져 있으며 망루가 탕 위로 크게 펼쳐져 있어 도시를 잊을 만큼 자연을 느낄 수 있다.

하늘도 넓게 보여 그것만으로도 개방적이라 기분이 좋다. 주변을 뒤덮는 벽도 목재라 산속의 통나무집 같은 인상도 있다.

먼저 아랫탕에 들어간다. 물은 연한 우롱차 같은 갈색의 투명함. 코로 한껏 숨을 들이마시자 아주 희미하게 톡 쏘는 자극취가 있다.

양손으로 얼굴에 물을 끼얹으며 입맛을 다셔보니, 짜다. 온천물의 성분은 '나트륨, 염화물강염온천'이라는 설명이 벽에 적혀 있다.

물은 살짝 미지근해 오래 몸을 담그기에 적당하다.

바위로 둘러싸인 탕에는 가장자리를 따라 물속에 평평한 돌이 여러 개 놓여 있는데 앉았을 때의 느낌이 제각각이라 재미있다. 계속 드나들다 보면 마음에 드는 돌이 생길 것 같다.

오늘의 첫 자리를 정한 뒤 물속에서 몸을 뻗으며 푸른 하늘을 본다.

"아, 좋은 물이다."

판에 박힌 뻔한 감상을 굳이 말로 내뱉는다.

다양한 벌거숭이 남자들이 유유자적하고 있다.

물속에서 가만히 눈을 감고 있는 노인.

젊은 두 남자는 아무래도 격투기를 하는 듯하다. 근육질의 좋은 몸집을 가졌다. 그라운드 기술 규칙의 차이를 끊임없이 이야기하고 있다.

허리에 손을 얹은 채 물속에 가만히 서 있는 짧은 파마머리의 사람도 있다. 앉든지 나가든지 좀 움직이면 좋으련만. 훌륭한 국부가 정면으로 보인다. 보여주고 있는 건지도 모르겠군.

탕 밖에도 대나무 벤치 두 개와 앉기 편한 평평한 돌이 놓여 있어 거기에 앉아 쉬고 있는 사람도 많다.

한 젊은이는 피부가 다 말라 있었는데 아무래도 앉은 채로 잠들었던 모양이다. 믿기지 않는다. 알몸으로. 직사광선을 맞으며 고간도 다 드러내놓고.

망토개코원숭이 같은 느낌으로 바위에 앉아 있는 노인도 있다.

대체로 모두가 가만히 있었는데 간혹 천천히 이동하는 자가 있다.

동물원. 동물원의 원숭이 산 같다. 완전히 빼닮았다. 우주인이 정복한 지구에 만든 동물원 '인간 산'이다. 나는 어린 시절부터 동물원의 원숭이 산을 좋아했다.

갑자기 유쾌한 기분이 들어 인간 관찰을 하고 말았다.

근육질의 까무잡잡한 자, 마르고 묘하게 흰 자, 아이를 밴 것처럼 배가 나온 자, 코끼리처럼 주름 잡힌 자, 하마처럼 뚱뚱한 자, 시종 오만상을 짓고 있는 자, 놀란 것처럼 입을 벌리고 있는 자, 음모가 새하얀 자.

구경하는 재미가 있다. 동물원이라고 생각하고 구경하니 하나도 안 질린다.

뜨거워져서 일단 나와 앞의 바위에 앉아 시원한 바람을 쐬었다. 좋은 날씨다.

나도 동물이다. 벌거숭이 동물로 돌아가 자연스럽게 있으니 대단히 편안하다.

정말이지 인간은 여러모로 고단하다.

팬티, 셔츠, 양말, 바지, 신발 등 많은 것으로 몸을 감싸고, 단추를 채우고 지퍼도 올리고 가죽 벨트도 졸라맨다. 이 것저것 담은 가방에 휴대폰이며 열쇠와 지갑을 챙겨 이쪽 저쪽 돌아다니면서 일을 하고 통화를 하고 컴퓨터 작업을 하고, 돈을 지불헤 음식을 사 먹고 과음으로 취해시 진차에서 잠드는 바람에 내릴 곳을 지나쳐 망연자실한다.

동물에게는 그런 절차가 일절 없다.

그저 먹고 자고 교미하며 새끼를 낳아 키우고 죽는다. 이 얼마나 심플한가.

좋은 온천에서는 심플한 자신이 될 수 있다.

나무 잎사귀들이 사사삭 소리를 낸다. 기분 좋은 바람이 달아오른 피부를 어루만진다.

몇 군데 더 탕에 들어갔다가 만족을 하고 욕탕을 나왔다.

몸을 닦고 가져온 속옷과 양말로 갈아입고서(이건 정말이지 인간적인 기분 좋은 절차), 프런트 앞으로 나와 지하의 휴게실로 간다.

다다미석과 테이블석이 반반으로 구성된 식당 코너가 있었는데 다들 냉라면을 먹거나 튀김 요리에 맥주를 마시거나 빙수를 먹고 있다.

메뉴도 풍성해서 고등어된장조림부터 허브티까지 있다.

그런데 장사할 마음이 없는지 가게 주인아주머니도 태평스럽고 손님들도 음식을 시키지 않고 가만히 테이블에 앉아 있거나 가져온 음식을 먹고 있다.

벽에는 근처 미도리 회전초밥을 포장해와 여기서 먹으라

고 권하는 내용의 벽보도 있다.

이 느슨함이 기쁘다. 온천 후에 답답한 소리는 하지 말라는 듯한 너그러움이 기쁘다.

옆에는 리클라이너 의자가 늘어선 방이 있었는데 각 의자에 달린 텔레비전을 보고 있는 사람도 있고 완전히 잠든 사람도 있다.

왠지 모르게 스포티한 마사지실도 있다.

나는 여기서 30분에 3,000엔인 발바닥 마사지를 받은 적이 있다. 너무 기분이 좋아서 버릇이 들 뻔해 조금 무서울 정도였다.

냉수 한 잔을 들이켰다. 몸속으로 스며드는 듯하다.

테이블석에서 잠시 쉬었다가 프런트로 돌아가 보관함 키를 반납한다.

밖으로 나오자 순환 8호선을 달리는 자동차의 격심함에 도시의 현실이 단숨에 체내로 흘러들어와 갑자기 어깨가 뻐근해지는 느낌이다.

옆의 오제키마트 1층의 미도리 회전초밥집으로 향한다. 조금 전 벽에 적혀 있던 가게다. 애초부터 이곳에 오기로 마음을 먹었있다.

이곳은 회전초밥집인데 회전 중인 초밥은 별로 없고 사람들 대부분이 회전대에 없는 초밥을 주문하고 있다. 그런데 그 부분이 신뢰감을 준다.

늘 밖에 사람들이 줄을 서 있는 인기 가게다. 오늘도 조금 기다렸다.

자리를 잡고 우선 생맥주를 주문했다.

최근 알게 되었는데, 온천을 끝낸 직후에 바로 맥주를 마시면 의외로 목 넘김이 별로다. 나이 탓인지도 모르겠다.

체온이 조금 내려가고 진정된 후에 마셔야 맛있다.

온천 직후에 맛있는 것은 맥주보다 커피 우유다. 그 달달함과 부드러운 감촉과 양이 좋다.

차가운 생맥주는 아직 달아올라 있는 체내가 '황급히 굴지 말고 조금만 기다려'라면서 싫어한다. 쓴맛도 탄산도 모두 강해서 맛이 없다. 늙어서 그런 걸 수도 있겠지만.

미도리 회전초밥에서 만반의 준비를 하고 마신 생맥주는 맛이 끝내줬다.

참치 붉은 살을 먼저 먹었다.

1시간의 산책 때문인지 적당하게 배도 고픈 상태여서 맛이 좋았다. 역시 초밥은 참치지. 간장, 고추냉이의 활약으로 붉은 살과 초밥용 밥이 입안에서 혼연일체가 되어 1+1을 3

으로도 5로도 만든다.

그리고 '오늘의 추천 메뉴'인 '벚꽃새우초밥'을 주문했다. 이른바 군함말이였는데, 이것도 참 좋았다. 기본적으로 오늘의 추천 메뉴에 약한 듯하다.

그런 다음 전갱이를 먹고 피조개를 먹은 뒤 광어지느러미살을 먹었다.

회전초밥이니까 비싸 보이는 것도 겁없이 주문 가능하다. 다들 그러고 있다. 모두 같은 생각이지 싶어 안심한다.

네기토로*를 먹고 나서는 조금 후회했다. 주토로**를 먹을걸. 한 접시 손해 본 듯한 기분이 들었다.

한 접시만 더 먹고 마무리해야겠다고 고민하면서 회전 중인 초밥 재료를 가만히 보고 있는데 어쩐지 배가 불러와, 미련이 남았지만 일어나 계산했다. 2,000엔을 내니 잔돈이 돌아왔다. 싸다.

아직 밝다.

5시 반이로군.

이제 돌아가서 열심히 일해야지.

---

* 참치 뱃살을 두드려 파와 섞은 것.

** 참치의 중뱃살.

어쨌거나 여기서 15분 정도면 작업실 책상이다.

동물의 기분을 떠올리면서 흔들리는 전차에 몸을 맡기며 돌아가자.

제3화
사사즈카온천과
삶은 감자

게이오선京王線의 사사즈카笹塚.

역에 인접한 '사사즈카 팩토리'라는 다목적 회관에서 몇 번인가 밴드 연주를 한 적이 있다.

리허설이 끝나고 본 행사까지 시간이 있어서 배를 채우고자 밴드 동료와 밖으로 나가봤는데, 역 앞은 로터리도 없고 갑갑한 느낌이다.

조금 더 걸어 나가자 마주한 넓은 고슈가도*甲州街道에는 차들이 휙휙 달리고 있다.

---

* 에도 시대의 5대 가도 중 하나로 오늘날 도쿄와 야마나시현을 연결한다.

됐다, 관두자. 역 앞의 서서 먹는 메밀국수집에서 우엉튀김 메밀국수(요즘 이상하게 좋다. 노인스러운 기호가 착실히 진행되고 있다)라도 먹을까.

그런 인상밖에 없는 동네였다. 그런데 웬걸, 이곳에 온천이 있단다.

도쿄도 공중목욕탕업 생활위생동업조합이라는, 무시무시하게 긴 이름의 조합이 발행하는 「도쿄의 목욕탕 어슬렁어슬렁 온천 순례 지도」라는 타이틀도 미묘하게 칙칙한 책자에 소개되어 있었다.

'도시의 오아시스가 여기에 있다! 사사즈카의 천연 온천 발견!'이라는 코멘트와 함께.

'발견!'이라니, 이런 조합이라면 진즉에 알았을 건데. 여러모로 재미있는 조합이다.

역에서 도보로 3분, 오후 3시부터 문을 여는 듯하다.

사사즈카라면 가깝다. 작업실이 있는 기치조지에서 이노카시라선을 타고 메이지대 앞에서 환승하면 금방이다.

일하다가 도중에 잠시 땡땡이치고서 약삭빠르게 다녀올 수 있는 거리다.

그래서 오후 4시, 만화 원작 작업 도중에 뜬금없이 가기로 했다.

수건과 일회용 바디 워시를 가방에 조용히 숨긴다.

머릿속 기억으로 지도를 더듬으며 고슈가도를 건너자 깜짝 놀랐다. 머리 위로 만국기가 펄럭이는 오래된 상점가가 나왔다. 차가 못 지나가는 좁은 그 거리는 '10호 거리 상점가'라 불리는 곳인 모양이다.

그러고 보니 옛날에는 상점가나 초등학교 운동회가 있는 날이면 머리 위에 만국기가 펄럭였다. 최근에는 눈에 띄게 줄었다.

느긋하고 편안한 세계평화의 느낌도 나쁘지 않은데.

붉은 천에 '대매출'이라는 흰 글자가 염색된 깃발도 곳곳에 세워져 있다. 그 상점가를 아주머니나 여고생 및 젊은이, 할아버지에 초등학생까지, 다시 말해 모든 세대가 돌아다니고 있어 매우 북적인다. 기쁘다.

일용 잡화점, 청과점, 양품점, 신발 가게, 우산 가게. 대부분이 개인 상점으로 물품이 가게를 비집고 나와 도로에 늘어서 있다. 더욱 기쁘다.

아직 영업시간이 아닌데 '종합식당 이즈미야'에 격하게 식욕이 돈다. 종합식당이라 해 놓고 '종합'이 아닌 섬도

호감을 부추긴다.

간판 옆에 '식사와 술'이라고 적혀 있다. 간판 아래에는 '양식, 중식, 정식'이라 적혀 있고 조릿대笹 그림이 그려져 있다.

사사즈카笹塚라서인가. 더더욱 격하게 부추긴다.

이런 곳이라서 해도 지기 전부터 달걀프라이나 나물 같은 반찬을 얻어 병맥주라도 마시고 싶다.

오른쪽으로 꺾으면 바로 온천인 걸 알고 있지만 조금 더 걷고 싶다.

꺾어지는 골목에 아주 오래된 생선 가게 '선어 에비스'가 있다. 긴 고무 앞치마를 두른 젊은 형님에게 '생선 가게 직원'이라는 명칭은 안 어울린다. 생선 가게의 형님이 제격인 풍모다.

이곳도 도로에 늘어서 있는 스티로폼 상자에 바지락 등이 들어 있다. 이런 데서 사 온 바지락을 그날 저녁 된장국에 넣던 생활이 그립다. 옛날에는 다들 그랬다.

과자점에는 전병 등의 봉지 과자가 북적이는 도로에 나와 있다.

가전제품 매장에는 많은 선풍기가 나와 있다. 에너지 절약 추천으로 에어컨보다 선풍기라는 건가. 그나저나 마치 일부러 쇼와 시대의 상점가를 연출한 모양새다.

점차 역 앞의 북적임이 끊겼으나 상점가는 계속 이어져 있어서 넓은 거리를 건넜더니, 거기서부터는 '10호 언덕'이라는 이름으로 바뀌었다.

확실히 언덕길이었는데 계속 내려가니 제일 끝에는 쇼와의 결정타, '중화 메밀국수 후쿠쥬'가 있었다.

여긴 꼭 들러야지.

흰 바탕에 붉은색으로 예의 그 중화 마크가 가장자리에 꾸며져 있고 중화 메밀국수 글자가 새겨진 포렴.

불투명 유리창이 끼인 나무 미닫이문이 열려 있다.

솔직히 말해 낡았다. 그래도 기분 좋은 낡음. 맛이 있는 낡음이다.

데콜라* 테이블. 정중앙에 구멍이 뚫린 핑크색 비닐 원형 의자. 마치 영화 세트장 같은, 쇼와의 라면 가게다.

500엔인 라면을 주문했다.

메뉴에는 '라면류'와 '완탕류'가 각기 몇 종류씩 있었다. 가장 비싼 건 '모둠 완탕'이 780엔, '모둠 라면'은 770엔으

---

* 합성수지를 가공한 윤기 나는 특수한 종이판으로 가구에 붙임.

로 무슨 이유에선지 10엔 더 싸다. 술은 취급하지 않는 듯
하다.

할아버지 혼자서 하고 있다. 줄곧 여기서 해왔겠지.

다른 손님은 없고 라면은 금방 나왔다. 콩나물과 말린 죽
순 조금, 다진 파 조금, 너무 작아서 웃음이 날 법한 차슈가
올려져 있다. 국물은 진한 간장색이고 면은 가는 꼬불면.

라면까지 쇼와 30년대(1955~1964년)다. 먹으니 더욱 그런
맛이었다.

온갖 지식으로 이러쿵저러쿵해대는 요즘 이전의 라면 맛
이다. 라면 가게에 줄이 늘어서는 시대 이전의 라면이다.

텔레비전이나 잡지 및 단행본에 '라면 특집'이 꾸며지기
이전의 중화 메밀국수.

라면이란 모름지기 싼값에 가볍게 먹는 과자 같은 음식
이었다. '라면을 좋아합니다'라는 말이 특정한 가게의 메뉴
를 지칭하는 게 아니라 라면이라는 일반적인 간편식을 좋
아한다는 의미였다. 이곳은 그 시대의 맛이 난다. 그렇게 맛
있지도 않다. 그렇게 맛없지도 않다. 그래도 좋다.

옛날에는 라면에 대해 모두 훨씬 관대했다. '근처에 있으
니까'라는 이유만으로 갔다가 어느새 혀가 그 맛에 익숙해
져버리는, 그런 음식이었다.

나는 미타카의 '에도구치'(현재 '중화 메밀국수 미타카')에서
그런 쇼와 시대를 만날 수 있어 참으로 고마웠다.

지금은 라면 가지고 지나치게 말이 많다. 손님도 지나치
게 거만하다. 라면이 지나치게 훌륭하다. 만드는 이도 오만
함이 지나치다.

지금 시험 삼아 평소에는 절대 안 보는 인터넷 '맛집 블
로그'로 '후쿠쥬'를 찾아보니 정겨워서 좋다고 하는 사람도
있는 반면, '라면으로서는 탈락' 같은 평가가 보여 역시나
싶어 웃음이 났다.

아주 그냥, 다들 음식 평론가 납셨군.

아무튼 간식인 라면도 먹었고 상점가를 되돌아 '사카에
탕栄湯'으로 갔다.

상점가 뒤편, 초등학교 옆에 있었다. 공동주택 1층에 새
로 생긴 목욕탕이다. 제대로 굴뚝도 솟아 있고, 두꺼운 붓글
씨로 까맣게 '사카에탕'이라고 적혀 있다.

입구에서 살짝 조바심이 난다. 두 개의 입구가 있는데 남
탕과 여탕 구분이 안 지어져 있다. 이리저리 두리번거려도
보고 열 걸음 물러나서 살펴도 봤지만, 그 어디에도 표시가
안 돼 있다.

만에 하나 여탕으로 들어갔다가는 큰일이나. 이런 생각

을 하고 있는데 오른쪽 입구에서 남성 손님이 나왔다. 그래서 그쪽으로 들어가니 안에 또 다시 두 개의 입구가 있었으나, 거기에는 명확하게 '남탕'과 '여탕'이 표시되어 있었다. 당연한 소리다.

오른쪽에 보이는 휴게실 같은 넓은 공간에 대형 액정 텔레비전이 있었는데 아직 머리칼이 젖어 있는 사람이 보고 있었다.

남탕의 미닫이문을 열자 감시대 역할을 하는 카운터가 구석 입구에 등을 지고 있었다. 그런데 카운터의 높이가 낮은 데다 좌우로 칸막이가 달려 있어 탈의실 안이 거의 안 보이는 느낌.

이러면 감시대의 의미가 없지 않나.

손님의 사생활이나 인권을 존중하고 있는 걸까. 이 또한 성가신 시대다.

무릇 목욕탕이란 탁 까놓는 공간인 법인데.

탈의실은 좁다. 거기서 유리문 너머로 보이는 욕탕도 좁아 보인다. 그런데 손님은 많다. 북적이는 상점가와 마찬가지로 붐비고 있다.

계절이 더워진 터라 착용하는 옷의 가짓수가 적어져 순

식간에 벌거숭이가 될 수 있는 건 고맙다.

겨울에는 코트에 스웨터며 머플러까지, 벗고 입는 데 시간도 한참 잡아먹고 보관함도 꽉 차서 진절머리 난다.

새 욕탕이라 기분이 좋았다.

천장은 별로 안 높은데 오른쪽 탕의 윗부분이 돌출된 유리창으로 되어 있어 그곳으로 빛이 들어와 밝다. 유리창이 열려 있어 바깥 공기도 적절히 들어왔다.

좁아도 이런 구조 연출로 개방적인 느낌이 들었다. 페인트 그림은 없다. 벽은 둥근 타일로 뒤덮여 있다. 청결하고 근대적인 온천탕.

몸을 대충 씻고 탕에 들어간다. 냄새는 없으나 곧바로 '아, 확실히 온천이네' 싶은 물의 부드러움이 피부를 감싼다.

세 사람이 탕에 들어와 있었는데, 그것만으로 살짝 갑갑함이 느껴진다.

이런 욕조에 왼편은 이른바 제트 배스가 두 개. 오른편은 자쿠지처럼 밑에서 거품이 나오고 있다.

세 명의 손님이 차례로 나가 탕 안은 나 혼자다. 그래서 어디에 앉아 느긋하게 있어볼까 하고 둘러보다가, '음, 이 온천, 다 좋은데 조금 시끄럽네' 싶었다.

제트도 자쿠지도 분출되는 거품이 상당히 세다. 사람이 없으니 더욱 잘 느껴진다.

아무에게도 닿지 않는 거품이 굉장한 기세로 계속해서 분출되고 있다. 자쿠지 쪽도 새하얀 물이 성대하게 솟아오르고 있다. 고질라라도 나올 것 같은 박력이다.

덕분에 탕 안에 물살이 크게 일었다.

제일 먼저 정중앙의 창 쪽에 앉아봤으나 왼쪽 자쿠지에서 뿜어져 나오는 물살이 몸에 쉴 새 없이 부딪혀 도저히 안정이 안 된다. 그래서 오른쪽으로 엉덩이를 이동시켰더니 제트 거품이 온다.

욕조 전체에 조용한 부분이 없다. 굳이 꼽자면 세면대 방면의, 거품과 거품 사이의 부분이 '조용한 바다'이려나. 그러나 그곳은 탕에 들어오는 손님에게 방해가 될 것도 같다. 어디를 가도 탕의 표면이 사방에서 흘러나오는 거품으로 정신없다.

탕 안까지 북적이게 만드는 건 아니지 않나.

여기저기 관찰하다 제트 배스의 오른쪽 공간에 작고 조용한 공간을 발견. 슬쩍 그 공간에 몸을 가라앉혀 본다.

음, 이 욕조 안에서 제일 한산한 자리라고 할 수 있겠군.

그런데 아무도 없는 욕조에서 이런 자리에 몸을 숨기고

있자니 상당히 부자연스럽게 보일지도 모르겠다는 느낌이 든다.

정신이상자로 보려나.

뭐야, 저놈. 저런 곳에 웅크리고서는. 위험하지 않나?

하는 수 없이 욕조를 나왔다.

교대로 한 남자가 초등학생으로 보이는 아이를 데리고 들어와 주저 없이 자쿠지 쪽에 자리를 잡고 앉는다.

잠시 쉬었다가 좁은 약탕에 들어가보기로 했다.

오늘의 약탕은 '로즈마리 & 마조람'이다. 로즈마리는 알 겠는데 마조람은 모른다.

녹색 물이다. 들어가려고 몸을 구부리는데 들어가기도 전에 냄새가 확 끼쳐왔다.

구린 냄새는 아니지만, 이거 강하지 않나?

들어가봤다.

뭐, 나쁘지는 않네. 온천을 즐기러 온 입장에서는.

바로 나왔다.

왠지 모르게 온천이 엉망이 되는 듯한 기분이 들었다.

서품이건 냄새건, 센 걸 좋아하나.

별도 요금으로 들어갈 수 있는 사우나도 있다. 이곳도 세지 않을까. 130도라든가. 죽을 것 같은 사우나.

한 사람만 들어갈 수 있을 만한 크기의 작은 냉탕이 있었다. 세면대 쪽이 또 붐비고 있어서 이 냉탕의 가장자리에 앉아 쉬었다. 그런 다음 다시 온천에 들어갔다.

제트 쪽에 사람이 앉아 있었는데 덕분에 그쪽 물살을 막아줘서 다소 잠잠하다.

물 자체는 기분 좋아 오래 담그고 싶다. 그래서 더욱 조용해야 하건만.

잠시 온천을 맛보고 나왔다.

이곳은 오래 머무는 온천이 아닐 수도 있겠다. 처음부터 그렇게 생각하고 오면 좋을 온천이다.

단시간에 물을 뒤집어쓰고 잽싸게 나오는 온천. 비누 같은 건 없어도 되겠다.

물만 적신 수건으로 몸을 문질러 씻어낸 다음 탕에 들어간다. 나와서 잠시 쉬었다가 다시 들어간다. 그렇게 마무리하고 돌아간다.

상쾌하니 따끈따끈하다.

약삭빠른 온천에는 의외로 잘 맞을지도.

팬티를 입고 땀이 식기를 기다렸다가 티셔츠와 청바지를

입었다. 옷 갈아입기 종료.

이래서 여름이 좋아.

"수고하세요."

카운터에 나직이 말하고 나와 바로 가려고 했으나, 별생각 없이 휴게실로 발걸음을 돌려 소파에 앉아봤다.

에어컨이 돌아가고 있어 의외로 쾌적.

아무도 없다.

텔레비전에서는 여자 프로 골프 결승전을 하고 있다. 골프는 하지도 않고 보지도 않지만 멍하니 지켜봤다. 큰 고화질 화면 때문인지 이상하게 재미있어서 15분 정도 넋을 잃고 봐버렸다. 처음 보는 골퍼가 예뻤던 탓도 있다.

온천을 하고 나와 여자 프로 골프를 보고 있는 내가 있다. 전혀 나와 안 어울린다. 그렇지만 예상하지 못한 이 15분이 아주 좋았다.

굉장히 약삭빠르지 않은가. 일하는 도중에 온천에다가 여자 골프 관전.

축구나 스모였으면 이렇게 안 끝나지. 맥주라도 마시고 싶어져서 더 지체하지 않았을까.

이렇게 말하면서도 역 앞으로 돌아가 진부디 신경 쓰였

던 역 앞의 오래된 술집 '오쿠니야'로 약삭빠르게 들어가버린 나. 역에서 10초면 있는 곳인데도 왠지 선뜻 들어가기 힘든 가게.

용기를 내어 들어갔다. 느낌 좋은데?

카운터석만 있는 가게. 손님은 네 명 정도. 윤기 나는 피부의 할머니와 아저씨가 안에 들어가 있다. 생맥주도 있었으나 병맥주를 주문했다. 그런 기분이었다.

카운터 위에 이것저것 맛있어 보이는 요리가 진열돼 있다. 벽의 메뉴를 보고 물었다.

"삶은 감자 있습니까?"

그러자 점원인 백발의 아저씨가 싱긋 웃으며, "있습니다. 껍질 채로 먹죠. 맛이 좋습니다" 하는 대답에 이 가게가 단숨에 좋아져버렸다.

한입 사이즈의 작은 감자를 소금물에 삶은 예닐곱 개의 감자가 나왔다. 한 그릇에 300엔.

엄청나게 맛있다. 아주 연한 껍질 부분이 짭조름하니, 베어 먹을 때 툭 찢어지는 그 씹히는 식감까지가 맛의 일부다. 맥주 안주로 제격이다.

요즘 '맛집 블로그'를 보면 '오쿠니야'는 사사즈카 일대의 술집 랭킹 최하위에 일단 이름과 지도는 나와 있는데, 단 한

건의 후기도 사진도 없다.

'거봐, 내가 뭐랬나. 이런 놈들이라고!'

괜스레 통쾌한 기분이 든다.

홀짝홀짝 마시고 있는데 육십 대 중반으로 보이는 두 남성이 들어와 옆에 앉았다.

단골인 모양인지 한 명이 주인에게 "역 앞에서 마주쳤어요. 동창입니다" 한다. 두 사람은 물수건으로 얼굴과 손을 닦아내고서는,

"잘 지냈나?"

"그럭저럭."

"밥은 챙겨 먹고 다니는 거야?"

"아니, 전혀."

"맥주 한잔할까? 시원한 걸로. 날도 더운데."

'시원한 걸로.'

이 부분에서 왠지 모르게 심장이 반응했다.

잘 지냈냐는 사람이 병맥주를 상대에게 따라주었다.

"밖에서 마시는 거, 2주 만이네."

그럭저럭이라던 사람이 말한다. 살짝 즐거워 보이는 음색이다.

컵 속의 맥주를 다 들이켠 후 두 사람 모두 담배에 불을 붙였다. 이어서 갓 튀긴 '전갱이튀김'을 주문했다. 주인이 음식을 내오며 말했다.

"간이 되어 있으니까 소스 찍지 말고 들어요."

이에 잘 지냈냐는 사람이,

"아, 그래요? 우린 현장에서 땀을 흘리니 염분이 필요하지."

"아, 그럼요."

주인이 웃으며 끄덕인다.

"낮에는 물을 벌컥벌컥 마셔대서 소금맛 사탕을 먹어."

"어디서 파는데?"

"약국. 그런데 아무 데서나 팔지 않을까? 나는 대량으로 구매를 해서 말이야."

두 사람은 남은 맥주를 비우고서 나란히 레몬 사위로 바꿨다.

"바빠?"

"조금."

"그렇군."

"일은 있는데 아르바이트 자리가 없어."

잘 지냈냐는 사람이 카운터에 놓여 있던 '오징어볶음'을

가리키며,

"옛날에는 이런 거 없었는데. 이런 게 맛이 꽤 좋더라고. 주인장 이걸로 줘요. 그릇에 담아줄 수 있어요? 아 그래요, 그럼 부탁해요."

"그리고 낫토 오믈렛."

낫토 오믈렛이 나오자 둘이 나누어 간장을 치고서 먹는다.

그럭저럭인 사람도 맥주가 들어갈수록 웃음소리에 생기가 돌았다. 속속들이 아는 친구와의 대화만큼 심신에 약이 되는 건 없음을 절실히 느꼈다.

이야기가 경제 이야기로 옮겨갔다가 옛날이야기로 넘어간다.

"자네 어머님께 신세 많이 졌어."

"아, 야구 때문에 알게 됐던가?"

"맞아."

"간노도 시미즈도 살아 있었고, 즐거웠는데."

"시미즈는 이상하게 허세를 부렸었지."

"응, 간노는 걸핏하면 싸움을 걸었고."

"다늘 먹고사느라 고생 많았시."

"그러게."

"나는 칠십까지는 일할 거야. 2년 남았네."

"아암, 문제없지."

"일하게 해준다면 말이야. 아하하하."

"아하하하."

"레몬 사워 한 잔 더요."

"나도요."

일생이란 아주 찰나일지도 모르겠다. 그래도 함께 웃을
수 있는 벗의 존재가 그 눈 깜짝할 사이에 따뜻한 빛을 비
춰준다.

나는 그 순간을 봤다.

옆의 낯선 두 사람의 우정에, 건배.

제4화
하코네 갓파천국과
시폰케이크

구스미 마사유키 집필 분투 중!

인 걸로 하고, 아침부터 약삭빠르게 하코네에 다녀왔다.

언젠가 나는 맞아 죽을 거다.

신주쿠에서 아침 10시 정각에 출발하는 로맨스카를 타면 오전 11시 23분에 온천 마을 하코네유모토에 도착.

단 83분.

여행 가방, 필요 없다.

빈손. 아무것도 안 들고 있다. 주머니에는 지갑뿐.

휴대폰, 작업실에 두고 왔다. 일부러.

수건은, 어떻게든 되겠지.

속옷은 갈아입고 싶으면 팬티만 주머니에 넣어 간다. 바지가 불룩해져서 보기 민망해도 상관없다. 나 혼잔데 뭘.

10시에 출발하는 로맨스카가 또 VSE다. 역시.

로맨스카에도 차종이라는 게 있는데 VSE는 가장 새로운 차종.

로맨스카라고 하면 과거에는 맨 앞줄에, 모든 남자아이들의 동경이던 전망석이 있는 것이 특징이었다. 운전석이 2층에 있어서 전면 유리 쪽까지 좌석이 있다.

그 맨 앞자리에 타는 것이 우리 모두의 꿈이었다. 맨 앞에 가고 싶다, 선두에 타고 싶다는 그 동경은 뭐였을까?

물론 나는 가난해서 하코네로 온천 여행을 간 적은 없었다. 여행이라고 해봤자 야마나시山梨의 할머니 댁에 묵는 게 고작이라 로맨스카는 그저 덧없는 꿈이었지만.

시간이 흐르고 다양한 열차가 생겨나면서 신칸센 '노조미'도 디자인이 점차 바뀌었는데 어쩐지 예전의 로맨스카가 매우 낡아 보였다.

맨 앞에 탔는데 그게 뭐. 그 자리에 네 명밖에 못 앉잖아? 불평등하지 않아?

됐다 관두자. 그거, 낡았어. 촌스러워.

인식이 바뀐 탓인지 모르겠지만 로맨스카는 일반 차량과 똑같이 선두에 운전석이 있는 디자인으로 바뀌었다. 그게 EXE라는 차종. 거기에 지하철과 환승이 되도록 만들어진 차종이 MSE. 지금도 달리고 있다.

그런데 그게 불만이었다.

'로맨스카는 운전석이 위에 있어 맨 앞에 탈 수 있다는 게 매력인데! 이러면 일반 열차와 뭐가 달라!'

불평하는 사람이 많았던 모양이다.

그래서 예전의 모두가 그리워하는 로맨스카의 디자인을 재구성해 만든 것이 VSE. 운전석은 2층. 맨 앞까지 승객이 탈 수 있다.

열차 내부도 천장이 예전 열차처럼 둥글고, 무의미하게 좀 높다. 테이블이나 벽은 목재라 갈색이다.

그리고 승무원이 좌석마다 음식 주문을 받으러 오는 '시트 딜리버리 방식'도 부활. 그렇다, 로맨스카는 그런 열차였다.

일부러 예전으로 되돌렸다. 아주 영단이다.

이런 이야기 좋아서 환장한다.

힙리적인 게 좋다 실속 있는 게 좋다, 새로운 게 좋다, 그리고 무슨 일이 있어도 평등해야 한다고 한다면, 세상살이가 너무 시시해진다.

세상은 불균형한 게 당연하다. 다소의 성가심 속에, 쓸데없음 속에, 낡음 속에, 시간이 흘러도 편안한 것이 분명 존재한다.

낡은 목욕탕의 높은 천장을 올려다볼 때마다 생각한다. 탕에 들어가 물속에서 몸을 뻗었을 때 천장이 높으면 기분이 좋다. 왜일까?

목욕탕이나 온천에는 그런 마음의 비밀이 여유롭게 숨어 있다. 그건 과학적으로 증명해봤자 재미도 뭣도 없다. 마케팅에 기초하여 드러나는 것과는 아예 다르다.

온천은 인간의 이론에서 떨어진 곳에 아주 오래전부터 존재해왔다.

때문에 유유자적할 수 있는 것이다.

그래서 휴대폰도 두고 오는 게 좋다.

이왕 타는 거 전망석 차량의 티켓을 구입.

당일 바로 살 수 있었다. 게다가 무려 꿈의 전망석 티켓! 평일이라서 가능한가.

로맨스카 신주쿠~하코네유모토 구간 요금이 870엔인

것도 싸다. 운임료을 더해도 2,020엔. 전망석료, 없음.

신칸센을 이용하면 3,430엔. 비싸다! 로맨스카가 싸다!

로맨스카 칭찬이 과했다.

'로맨스카', 이름이 조금 촌스러운 것도 마음에 든다.

남자 한 명, 더구나 중년 남자 한 명, 아저씨 혼자서 '로맨스카를 타고 간다'.

조금 부끄럽다. 게다가 빈손. 주머니에 팬티. 변태 아냐?

여성들이 그렇게 생각하더라도 별수 없다.

좌석 번호로 갔더니 이런, 열차의 맨 뒤였다. 착각했다. 아니, 앞의 전망석은 진즉에 매진이었던 것이다. 망했다.

하코네로 향하는 로맨스카의 최후미. 꼴찌석.

정확히는 맨 끝에서, 다시 말해 전면이 모두 유리인 자리에서 세 번째 열.

더구나 전망석은 고정. 회전이 안 된다! 다시 말해 나는 계속 신주쿠 방면을 보고, 내내 역방향으로 하코네까지 가야만 한다는 말이었다!

뭐야 이게.

모두가 각자의 자리에서 앞을 향해 일과 공부에 매진 하고 있을 때 홀로 격하게 역행하는 특급 열차를 타고 있다.

그렇게 로맨스카는 조용히 달리기 시작했다. 신주쿠역

플랫폼이 내 정면에서 카메라가 줌아웃 되듯이 작아진다. 운동장에서 뒤를 향해 달리듯, 앞이 안 보이는 상태로 점점 속도가 올라간다. 이상하게 불안정하다. 불안.

언젠가 탔던 거꾸로 달리는 제트코스터 같기도 하다.

불안한 로맨스카는 처음이다.

잠시 후 정면에서 쑥쑥 멀어져 가기만 하는 풍경에도 익숙해졌을 무렵, 여성 승무원이 음료 및 음식 주문을 받으러 왔다. 그 어수선한 무거운 판매 카트를 덜덜 밀고 오지 않는 점이 세련되었다.

생각해보면 카트는 둔탁하다. 상품을 너무 많이 올린 탓이다. 이것저것 매달고서 궁상떠는 느낌.

생맥주를 주문한다. 병맥주 대신 사치를 좀 부려봤다. 그리고 '부드러운 안심가스 샌드위치'를 주문. '로맨스카 주먹밥 샌드위치'도 상당히 끌렸다. 하코네산에는 주먹밥이 어울리는 느낌이다. 긴타로* 때문인가.

관계없는 얘기지만 그 아시가라산에 사는 긴타로는, 어

---

* 일본 설화에 등장하는 괴력의 동자로, 엄마가 싸준 주먹밥을 들고 산에서 짐승들과 씨름을 하며 나눠 먹는다.

린아이가 알몸으로 그렇게 큰 도끼를 짊어지다니, 너무 위험하잖아. 그렇게 큰 연장을 그것도 벌거벗은 몸으로.

긴타로의 부모는 생각이 있는 건가.

그걸 그대로 그림책으로 만들어 아이들에게 들려주다니, 어쩌자는 건지.

아니다, 관두자. 고지식한 의원이나 교육위원회인지 뭔가가 나와서 큰 도끼를 나무 모조품으로라도 바꿔 그리면, 그거야말로 우습다.

맥주와 안심가스 샌드위치는 열차 안에서 먹기에 안성맞춤이다. 안심가스 샌드위치의 조각이 집어서 먹기에 알맞은 크기다.

작은 조각을 입에 넣으면 입안 가득 충실한 것도 기쁘다.

한 조각을 도중에 맥주를 곁들이며 두 입으로 베어 먹는다. 조화가 좋다. 입에 퍼지는 돈가스 소스의 향도, 성인 남자의 간식 같다. 튀김옷이 맥주와 어울린다.

이걸 먹길 잘했다. 주먹밥은 맥주보다는 차지.

열차에서 마시는 차도 좋아한다. 같은 패트병이라도 달아나는 풍경을 옆으로 보면서 마시는 차는 한층 맛있다. 과거 급행열차 특유의 비닐 용기에 들어 있던 차도 비닐의 낫까지 좋아했다.

이게 바로 여행의 맛, 급행열차의 맛이다. 달아나는 풍경, 몸에 전해지는 열차의 진동도 맛있음을 더해준다.

맛있음은 맛이 다가 아니다. 어쩌면 맛은 일부일지도.

마치다町田를 지나고 에비나海老名를 거쳐 사가미강의 철교를 건너 이세하라伊勢原 부근에 오니 차창에 산들이 근접해 겨우 '도쿄권을 벗어났다'는 실감이 나 가슴이 부푼다.

이것으로 일에서도 벗어났다.

마음속 어딘가의 스위치가 탁 꺼지면서 무의식의 긴장감이 갑자기 해소된다.

탑승한 비행기가 이륙하고서 '띵' 소리와 함께 안전벨트 착용 램프가 꺼지는 느낌. 나라는 비행기는 이미 '약삭빠르게권'에 돌입해 자동조종으로 전환했다.

이제 아무도 안 쫓아온다. 연락도 안 된다. 마감도 뿌리쳤다. 스케줄은 시야에서 완전히 사라졌다. 편집자의 얼굴조차 단 한 명도 안 떠오른다. 자연스레 입꼬리가 올라가고 만다. 그 표정을 감추려 남은 맥주를 홀짝인다.

이런. 웃음이 새어 나온다. 즐겁다. 미안하지만 즐겁다.

로맨스카는 산으로 들어가 일단 오다와라小田原의 시가지로 나온 뒤 하코네 등산철도로 들어가 평온하게 천천히 철로를 오른다.

선로가 단선이라 보통 열차와의 균형을 맞춘다고 속도를 못 내는 거다. 이게 또 짧은 열차 여행의 마지막을 아쉬워하는 것 같아서 즐겁다.

느려서 즐거운 열차는 로맨스카 정도가 아닐까. 옆을 도카이도*東海道가 나란히 달리고 그 옆으로는 하야강이 계속해서 흐르고 있다.

정확히는 하야강을 따라 도카이도가 나고 철도가 개통된 것이다. 그 상류에 하코네유모토가 기다리고 있다.

오다와라에서 유모토까지 걸어간 적이 있어 차창 밖의 근경은 한층 정겨워 보인다.

저 육교도 기억 나고 저 여름 귤나무는 사진을 찍었다.

스즈히로가마보코(어묵) 박물관이다. 화장실을 빌려 썼다. 큰 놈이었다.

찔끔찔끔 점잔 빼며 맛보던 맨 뒷자리 로맨스카에서의 시간도 마침내 끝이 오고 하코네유모토에 도착.

―――――

* 에도 시대의 5대 가도 중 하나로 오늘날 도쿄와 교토를 연결한다.

여기서 엎어지면 코 닿을 만큼은 아니나 역의 북쪽에 인접해 있는, 오른쪽 대각선 바로 위로 보이는 '갓파천국'이라는 온천에 들르려는 것이다.

개찰구를 나와서 선로를 벗어나 제법 가파른 아스팔트 비탈을 오르면 갓파천국의 입구가 나타난다.

머리 위쪽에 황색 바탕에 붉은 글자로 '노천露天탕 갓파천국'이라 적혀 있고 좌우로 낡은 장식용 전구가 나란히, 홍백의 빛바랜 제등 세 개가 매달려 있다. 상당히 낡았다. 아주 낡아빠졌다.

들어가도 괜찮을까. 갑자기 겁이 난다.

3층 정도 되는 계단을 다 올라가면 거기서 오른쪽으로 낡은 콘크리트 오르막길이 이어진다. 빛바랜 제등도 늘어서 있다. 붉은 난간은 녹슬어 있다.

오르막길을 다 오르면 계단이 또 나온다. 꽤 길다.

점점 불안해진다. 여기 정말 괜찮을까. 빛바랜 제등이 '괜찮습니다'라고 말하고 있지만, 누구 하나 지나가는 사람이 없다. 영업하는 거 맞나.

다 오르자 2층짜리 목조 건물이 있고 현관의 유리 격자문 위에,

'노천野天탕 갓파천국'

붓글씨로 쓴 나무 간판이 걸려 있다. 조금 전에는 '노천露
天탕'이었는데, 입구에는 '노천野天탕'으로 바뀌어 있다. 이
유가 뭐지? 불안이 커지는 노천露天.

머뭇대며 미닫이문을 연다.

"어서 오세요."

오른쪽 카운터에서 아주머니가 맞이한다. 다행이다.

입장료 750엔. 수건은 150엔.

보관함에 신발을 넣으려는데 아주머니가 자물쇠 없는 긴
신발장을 가리키며 말했다.

"아, 신발은 여기에 두세요."

놓인 신발이 하나도 없다. 손님이 한 명도 없나. 나 혼자
인가. 불안한 노천野天탕 전세.

2층으로 올라가 삐걱삐걱 소리가 나는 복도를 걸어가니
남탕의 빛바랜 포렴이 드리워져 있었다.

안으로 들어서자 탈의실이 있고 시영 수영장에 있을 법
한 낡고 녹슨 철제 보관함이 있었다. 여기저기 자물쇠가 고
장나 열린 채로다.

옷을 벗기가 주저될 만큼 곳곳이 빈틈투성이. 바닥은 심
하게 삐걱댄다.

그러나 단숨에 벌거숭이가 되어 노천탕으로 향했다.

오, 확실히 지붕이 달린 노천탕이다. 아무도 없다.

돌과 시멘트 바닥이 완전히 메말라 있어 썰렁하다. 각재 목을 쌓아 함석판을 깐 지붕은 언더그라운드 극단의 가설 극장 같다.

알몸으로 그런 공간의 바깥 공기를 맞고 있자니 여간 불안한 게 아니다. 몽땅 털려 휑한 황야에 알몸으로 내쫓겨진 기분이다. 유일하게 욕조의 물만이 싱싱하게 살아 있는 것처럼 아름답게 보였다.

한시라도 빨리 그곳에 몸을 담그지 않고는 못 견디겠다.

시골 친척 집 욕실에서나 보는 허접한 샤워기로 서둘러 몸을 씻어냈다.

그런데 웬걸, 물에 몸을 푹 담그니 내 세상이다.

기분 좋다.

단숨에 온천 기분이 꽃펴 마음에 여유가 퍼진다.

'낡아빠졌다'는 '소박함'으로 바뀌고 '불안'은 '운치'로 바뀐다.

불안함에 닭살이 일었던 피부는 물이 확실히 온천물임을 바로 감지하자 모공이 활짝 열리며 기뻐한다. (안 보이지만.)

이거 정말 기분 좋다.

신주쿠에서 80분하고 5분 정도면 나는 이미 하코네의 온천에 몸을 담그고 손발을 뻗고 있다.

뭐야, 너무 간단하군.

피부에 닿는 투명한 물의 감촉이 부드럽고 유황 냄새는 아닌데, 확실히 일반 목욕탕 물과는 다른 향이 희미하게 난다. 별로 뜨겁지 않아서 몸을 오래 담글 수 있다. 나오면 울적해질 정도로, 허술한 천국. 최대한 물속에 있고 싶다.

새가 지저귄다. 나무들의 술렁임이 들린다. 풍경은 나무 판자에 둘러싸여 거의 안 보인다. 이곳이 하코네인지 전혀 모르겠군, 모른다. 하지만 그런 건 아무래도 상관없지, 상관없다.

온천을 좋아하는 지인이 이곳의 물이 그렇게 좋다고 했는데 확실히 나쁘지 않다. 물에서 들어 올린 팔을 문지르니 벌써 매끈매끈하다.

쓸데없는 것은 전부 치우고 허영도 평판도 버린, 호화로움 일절 없는 온천. 그저 바깥 공기 속에서 온천에 몸을 담그는 편안함만 있는 온천.

약삭빠르게 들어가는 온천으로 제격이다.

이 얼마나 좋은가, 좋고 말고 삿싸천국.

온천을 좋아한다는 사람에게 정말로 온천 그 자체를 좋아하는지 어떤지, 판별 기준이 될 만한 온천이다.

온천의 분위기를 중요시하는 여자가 남자친구를 따라 이곳에 온다면 계단 부근부터 '뭐야 여기' 하면서 샐쭉해질 가능성이 크다.

두 사람은 파국을 맞을지도 모르겠다. 이곳은 남녀를 가르는 온천이라고도 할 수 있다. 하지만 남탕과 여탕으로 갈라져 들어간 두 사람이 온천을 끝내고 나와 낡아서 재미있었다며 함께 깔깔댈 수 있다면 그 남녀는 평생 함께할 수 있을지도 모르겠다.

손님은 계속 나 혼자였는데 나올 무렵 초로의 한 남성이 들어왔다. 역시 살짝 불안해하는 모습이다.

탕에 들어가자 나와 마찬가지로 마음이 풀어진 모양인지 말을 걸어왔다.

"이곳에 자주 오십니까?"

요코하마横浜에 살며 이미 은퇴해 여기저기로 작은 여행을 다니는 것이 낙이라고 한다.

잠깐 요코하마에 대한 이야기를 나눈 뒤 "그럼 먼저" 하고서 나는 탕을 나왔다.

뭐랄까, 오늘 아침에는 상상도 못 했던 굉장한 여유. 여행지에서의 만남과 교류. 일은 산 너머, 아득한 저편의 옛날 이야기다.

몸을 닦고 나서 아주 쓸쓸해 보이던 남루한 탈의실에서 벌거숭이 상태로 땀이 식기를 기다렸다. 이곳저곳의 근육을 이완시키기도 하면서.

갓파천국에는 무료 휴게실도 있었는데 오코노미야키 테이블 같은 것이 객실에 놓여 있었으나 보기만 해도 오싹하고 아무도 없어서 패스.

그나저나 온천 후에는 어디서 잠시 쉬는 게 가장 약삭빠르려나. 그 생각에 푹 빠진 채로 걷는다.

유모토역 앞 상점가를 어슬렁거리다 별안간 떠올랐다. 유모토 후지야호텔의 티 라운지에서 차 한 잔. 유모토역에서 금방인 고급 호텔이다.

역 근처 강에는 거의 후지야호텔행만을 위한 것으로 보이는 새빨간 난간이 달린 전용 다리가 놓여 있다. 그 다리를 건너면 나무들에 둘러싸인 전용 엘리베이터가 있어 단숨에 고지대에 자리한 호텔 앞까지 올라갈 수 있다.

빛바랜 제등을 따라 녹슨 난간이 달린 계단을 터벅터벅

걸어 올라가는 갓파천국과는 하늘과 땅 차이.

갓파천국에서 후지야호텔.

최고의 격차다. 나 자신을 배반하는 이런 감각, 정말 마음에 든다.

후지야호텔의 티 라운지는 정면으로 들어가자마자 왼편에 있는데 투숙객이 아니어도 부담없이 들어갈 수 있다.

테이블 사이의 공간이 여유로워 마음이 편안하고 느긋한 게, 확실히 부자 공간이면서도 손님을 긴장시키지 않는 배려가 있었다.

커피와 홍차 시폰케이크를 주문.

편집자를 기다리게 하는 만화가 몸으로서 평일에 이래도 되나. 누군가에게 야단맞을 것 같다. 북적이는 신주쿠 거리에서 기습 공격을 당할 것 같다.

커피, 향이 끝내준다.

시폰케이크, 폭신폭신.

단맛이 절제된 고급진 맛.

……진부한 표현밖에 안 나온다. 미안합니다.

케이크의 생크림을 한 스푼 떠서 뜨거운 커피에 올린다.

최고의 약삭빠름.

시계를 보니 아직도 오후 1시 반.

여기서 한숨 돌린 다음 로맨스카로 돌아가면 해지기 전에 도쿄에 도착한다.

대단히 충실한 모습이지 않습니까.

제5화
아사쿠사칸논온천과
소힘줄조림

미학교라고 하는 전문학원 같은 학교에서 강사 의뢰를 받은 지도 벌써 20년째다.

나는 열아홉에 이 학교에서 일본의 대표적인 전위예술가이자 소설가인 아카세가와 겐페이의 '그림·문자 공방'이라는 곳에 1년간 다녔다.

그 당시 아카세가와 겐페이의 나이 마흔둘.

나는 미학교에서 이즈미 하루키를 만나 2년 후에 '이즈미 마사유키'를 결성해 만화가로 데뷔했고 그 이후 다양한 일을 하게 되었다.

그리고 미학교에서 강의를 해달라는 의뢰를 받았을 때

내 나이가 마흔둘이었다. 그 당시 아카세가와 겐페이의 나이다.

어쩐지 그때로 돌아간 느낌이 들었다.

나는 '만화 공방'에서 만화를 그리는 기술이 아닌 만화 원작자로서 '만화의 기본'을 실감케 하는 수업을 하고 있다.

여름방학에 들어가기 직전의 최종 수업은 아사쿠사浅草에서 야외 수업을 하기로 했다.

절 센소지에서 길흉을 점치는 제비뽑기를 조사한 뒤 본격적인 아사쿠사 탐색 그리고 조림 요리 골목에서 아사쿠사 통행인 관찰 및 아사쿠사식 음식 맛보기, 정리 및 간담.

뭐야, 아사쿠사에 그냥 다 같이 놀러 가서 마시는 거잖아,라고 말하지 마시길. 이건 어디까지나 수업입니다.

약속 시간은 저녁 6시였는데 나는 4시 넘어 아사쿠사에 도착.

수업 전에 약삭빠르게 '아사쿠사칸논온천'에 간다.

아사쿠사칸논온천은 센소지의 서쪽 방향, 하나야시키 유원지 옆에 있는데 무려 아침 6시 반부터 문을 연다.

하지만 문을 닫는 시간은 오후 5시. 엄청 이르다. 일반 목욕낭이 한창 영업 중인 시간에 이곳은 닫아버린다.

3층 건물 전체가 덩굴로 뒤덮여 있어 분위기가 색다르다. 사거리 방면의 건물 모퉁이가 둥근 점이 쇼와스럽다.

위에는 세로로 '아사쿠사칸논온천'이라 적힌, 2층 건물 높이의 거대한 간판이 우뚝 솟아 있다. 네온은 아니다. 조명도 없다. 글자는 무참하게 녹슬었다.

훌륭한 건물이다. 그러나 쓸쓸해지기 시작했다. 아니, 쇠퇴하기 시작했다. 아직 영업 중인데도 이미 폐허의 분위기를 자아내고 있었다. 덩굴로 뒤덮여 있는 것도 운치가 있다기보다 방치되어 식물에 마구잡이로 침식·점령된 폐가 같다. 하지만 착실히 영업 중이다.

현관 위의 빛바랜 페인트 간판에는, '노래와 춤으로 오늘도 즐겁게'라고 적혀 있다.

글자 위에는 '술은 오제키', '남자는 군말 말고 삿포로맥주'의 문구도 곁들여져 있다.

예전에는 마시고 부르고 춤추는 큰 공간이 있었던 게 아닐까.

지금은 없다.

입구 유리문에 다양한 벽보가 붙어 있다.

'화장실만 이용은 금지.'

그런 사람이 있나보다. 그건 너무했다. 하기야 관광지니까.

'만취자, 술버릇 고약한 사람, 극단적으로 더러운 사람은 입장 금지입니다. 알콜류 반입도 안 됩니다.'

'만취자' 옆에 붉은 글자로 '술주정꾼'이라는 토가 달려 있다.

'술버릇 고약한 사람'이 탕 안에서 구토라도 했나.

'극단적으로 더러운 사람'이 드나드는 모양인가. 극단적이 아니라 일반적으로 더러운 사람은 환영하려나.

어쩐지 들어가기가 겁난다.

더구나 유리문 아래에는,

'한 살 미만의 아기는 입장할 수 없습니다. 똥 사건이 많이 발생하기 때문.'

똥 사건. 많이 발생함. 이건 곤란하다.

그런데 '사건'이라고 표현한 것이 재미있다. 그나저나 이렇게까지 현관에 공표해도 괜찮나. 이걸 보면 들어가기 망설여질 텐데. 일반적인 온천이나 목욕탕에는 오지 않을 법한 손님이 많은가.

영어로 된 벽보도 있다. 외국인 관광객도 많은 아사쿠사다. 이날도 외국인 네 명의 가족이 이 건물의 사진을 찍었다. 그리고 관광 가이드북을 번갈아 가며 건물을 살펴보고 있었다.

설마 들어가지 않을까 걱정했는데 안 들어갔다. 일본 온천에서 똥 사건에 휘말렸다가는 일본을 오해할 테니까.

아사쿠사의 목욕탕을 경험해보고 싶다면 자코츠탕蛇骨湯을 권한다. 목욕탕 가격인데 온천물에 큰 후지산 그림도 있다. 노천탕도 있고 뭐니 뭐니 해도 청결하다.

아사쿠사칸논온천은 모든 게 그곳과 다르다. 한 마디로 심오하다. 요금을 내는 곳은 영화관 매표소 같다. 그 옛날에는 종합 온천 오락시설이었겠지.

그러나 시대의 흐름에 뒤처지고 말았다.

입장료는 700엔. 비싸다.

요금 옆에 '머리카락 염색 금지, 빨래 금지'라는 글이 곁들여져 있다. 빨래하는 할머니를 상상하고 말았다. 전라의 흐트러진 백발 할머니.

비누는 대 100엔, 소 40엔. 쩨쩨하군.

샴푸나 면도칼은 원래 목욕탕에서도 팔고 있으나, '포마드' 50엔은 좀처럼 없다. 그보다 요즘에는 머리칼에 포마드를 바르는 사람 자체를 쉽사리 못 만난다.

입구의 아저씨는 안에서 텔레비전을 보고 있었다.

"5시까지입니다. 지켜주세요."

협조할 것을 당부한다. 충분하다.

로비 유리에 또 다시 벽보.

'남탕 이용자 여러분

탈의실 보관함 열쇠는 확실하게 보관해주세요.

열쇠 바꿔치기, 절도 등에 주의.

토·일요일은 경마가 있으니 특히 주의.'

이곳의 벽보는 하나같이 구체적이다.

'특히 주의'도 위협적이다. 경마에서 진 사람이 만취자가
되어 오나.

로비는 어중간하게 넓고 비닐이 깔린 소파가 외따로 있
다. 신발을 벗어 보관함에 넣은 다음 안으로 들어가니 복도
는 왼쪽으로 꺾여 있고 남녀 구분된 욕실 입구가 있다.

여기가 또 거친 공간으로, 처음 왔을 땐 순간 주춤했다.
포렴도 없다. 옆에 거무칙칙한 유아용 자동 놀이기구가 있
다. 원래는 동전을 넣으면 움직이는 밤비 목마로 사랑받았
을 텐데.

밤비가 시금은 서의 불에 탄 시체 꼴이다. 벽에 벽보가

있다.

'밤비 씨는 안 움직입니다.'

나도 모르게 웃음이 터졌다. 씨란다.

영어로 된 주의문도 있다.

'All naked. No undercloth. Don't Soap&Shampoo in the
a bathtub. No swimming.'

탈의실로 들어갔다.

한눈에 단골임을 알 수 있는 나이 지긋한 세 명의 손님이
팬티 한 장만 입고 큰 소리로 이야기를 나누고 있다.

"그래서 소비세를 올린다니, 황당하군."

"내 말이 그 말일세."

"하여튼 정치인은 믿을 게 못 돼."

"공무원은 즐겁겠어. 결국 정치인을 시켜서 자기 하고 싶
은 대로 하니."

"머리가 좋다니까, 공무원은."

"도쿄대생들이잖나."

"그래서 다들 도쿄대 도쿄대 하는 게지."

"못 보내서 안달이잖나."

"내 말이 그 말일세."

"그러게!"

전형적인 서민의 푸념, 서민의 투덜거림, 서민의 뒷담화다.

마사지 의자가 아니라, 정확히는 마사지 침대가 있다. 희한하네. 비닐 재질에 꽤 낡았다. 눕는 부분이 사람 형태로 움푹 패어 있다.

그런데 '고장 중'이라는 벽보. 그 벽보가 또 갈색으로 변색되어 있었다. 이미 몇 년째 고장 중이겠지.

고장난 것을 치우지 않고 계속해서 놔두는 의미는 뭘까? 침대로 이용하라는 말인가?

침대보다는 수술대 같다. 인체 개조 수술을 할 것 같다. 가면라이더를 너무 봤나.

그리고 여기에도 벽보가 가득하다.

가장 큰 벽보는 플라스틱판에 페인트로 적어 놓은 것.

'보관함 털이사에 주의하세요. 두세 명이 한 조로 쇠지레·드라이버 등으로 보관함 문을 부수고 여는 자들을 조심하세요.'

'털이사'라는 말도 처음 들었다. 무섭다. 그런 무리가 쇠지레 같은 걸 들고 있다면 몸이 부들부들 떨려서 못 본 척하며 옷을 들고 벌거벗은 채로 도망칠 거다.

입구 벽의 플라스틱판은 업자가 발주하여 만든 것.

'탈의실 밖에서는 반드시 속옷을 입으세요.'

벌거벗은 채 로비로 나가는 자가 있기라도 한가. 어떤 무리지.

복사 용지에 유성 매직으로 쓴 벽보도 있다.

'둥근 수은등, 1개 고장. 8월 중으로 입고 안 돼 나머지 1개로 영업 중입니다.'

상세하군.

욕실 입구 문에도 한 번 더.

'하나, 흰머리 염색 금지입니다.

하나, 양말과 팬티 등 빨래는 일절 안 됩니다.'

알몸으로 욕탕에 들어간다. 넓다. 아주 널찍하다. 솔직히 말해 '넓기만' 하다. 필요 이상으로 넓다.

그런데 낡았다. 오래됐다. 내부에도 마찬가지로 폐허 조짐이 숨어들어 와 있다. 폐허 마니아라면 침을 흘릴 만큼 좋은 분위기다.

하코네유모토의 갓파천국과는 전혀 다른 느낌이다.

넓은데 희한하게도 개방감이 없다.

타일 바닥이 약간 미끄럽다. 미끄러지지 않게끔 주의해

야 한다.

우선 몸을 씻는다. 씻고 있는 손님이 한 명 있다. 초로의 남자. 불알이 이상하게 늘어져 있다.

노인이 되면 불알이 이상하게 늘어진 사람과 늘어지지 않은 사람이 있다. 이상하게 늘어진 사람은 목욕탕에서 의자에 앉으면 불알이 바닥에 닿기도 한다.

그런 사람은 팬티 안에 두 개의 불알이 어떻게 나뉘어 있으려나. 거치적거리겠다.

그러고 보니 중학생 무렵 팬티 안의 성기 수납이 신경 쓰여, "위치가 별로다"라고 굳이 공언해가며 바지 위로 팬티 속 물건의 위치를 고치는 친구가 있었다.

그것을, "거주지가 형편없네"라고 표현하는 놈도 있었다.

청바지 위로 타인의 고간을 쳐다보며,

"고바야시는 오른쪽."

그렇게 놀리면 놀림을 받은 고바야시가 황급히 고치고는 했다.

"야마자키는 도드라지게 왼쪽."

그 말에 얼굴을 붉히며 고치는 야마자키도 있었다.

그 '도드라지게'라는 말이 웃겨서 남학생들은 쌀쌀거리

면서도 몰래 자신의 고간을 확인하고는 했다.

그러면 이번에는 고야마가 이토의 고간을 가리키며 "이토는 도드라지게 정중앙!"이라고 하는 바람에 남자들은 더욱 자지러졌다.

2차 성징기를 맞은 남자아이는 늘 고간이 신경 쓰이는 법이다. 자기 것도 남의 것도.

"꽉 끼는 청바지는 불알에 해롭대" 같은 소리도 해대고. 어디서 들었는지 그럴듯하게.

신체검사 때 아무개의 흰 팬티 앞에 묻은 노란 소변 얼룩도. 고작 그런 거 하나에도 난리가 난다. 목이 쉬도록 소란스럽다. 바보다.

미안합니다, 이야기가 너무 나갔네요.

둥글고 큰 욕조는 정면의 정중앙에 두 개로 나뉘어 있었는데, 한쪽 벽에 '뜨거움 Very Hot'이라고 붙여져 있다.

그래서 다른 한쪽으로 가 몸을 담근다. 갈색 물이다. 물 표면이 걸쭉하니 고요하다.

얼마 전에 들어간, 제트가 시끄러웠던 사사즈카의 사카에탕과는 정반대다.

물결 하나 일렁이지 않는다. 거기에 나 혼자 잠잠히 담그고 있다.

천장이 굉장히 높다. 일반 목욕탕보다 높다.

둥근 전등이 두 개 달려 있었는데 확실히 하나는 불이 나가 있었다. 그런데 최근에 나간 게 아니라 이미 한참 전부터 전등 하나로 영업해온 듯한 느낌을 지울 수 없다. 아까 본 벽보는 언제 붙여진 것일까.

남녀를 가르는 벽에 작은 벽보.

'온천 안에 있는 하얀 구슬은 보건소 지도에 따른 소독제로 사용되고 있습니다. 일반 수영장보다 약한 ppm입니다.'

하얀 구슬. 소독제. 보건소의 지도.

왠지 모르게 옛날 남자 변기에 들어 있던 하얀 구슬처럼 보인다. 그게 똥 사건과 포개진다.

저런 건 제발 상세히 적지 말았으면.

조용히 물에서 나왔다.

탈의실에서는 여전히 시사 토론이 성대하게 오가고 있다. 대형 종합건설사 비판으로 화제가 옮겨갔다.

이 온천에 만담가 신쇼도 생전에 왔었다는 이야기를 어딘가에서 읽었다. 그 무렵에는 훨씬 활기를 띠었겠지.

물에서 나와 세면대로 가 목욕탕 의자에 앉아 흐릿한 거울을 의미 없이 바라보면서 잠시 쉬있으나, 등 뒤의 서 넓기만 한 크기가 도저히 안정이 안 된다.

벽 쪽의 세면대에서 욕조까지의 거리가 쓸데없이 넓다.

'그 점이 마음에 듭니다!'가 되려면 조금 더 다녀야 할지 모르겠다.

이곳은 아직 알려지지 않은 숨은 폐허 온천으로 단정 짓는 편이 좋을 듯싶다.

폐허 마니아는 이곳을 꼭 방문하시라.

일어나서 시험 삼아 'Very Hot' 쪽에 손을 넣어보니 미지근한 쪽과 같은 온도였다. '거짓말이잖아' 싶어 일단 전신을 담가봤는데, 똑같았다.

Very Hot을 그만둔 지도 오래된 듯하다.

탕에서 잽싸게 나와 여러 번 물을 끼얹은 다음 나왔다.

어쩌면 이곳은 바야흐로 도쿄의 가장 심오한 온천일지도 모른다.

'밤비 씨는 안 움직입니다'의 밤비에서 모든 게 드러났던 것 같다.

탈의실에서 땀이 식을 때까지 잠시 쉬었다.

노인들은,

"그만 가세나! 이러다간 끝이 없겠군."

"내 말이 그 말일세."

하면서 바지와 셔츠를 입고 돌아갔다.

열려 있는 창문으로 이웃집 마당 가장자리가 보인다. 그곳에 사람이 지나가면 내 알몸이 죄다 보일 것이다.

매미가 울고 있다. 한여름 오후 5시 전인 지금은 아직 낮이다. 친척 집에 와 있는 듯한 기분이 든다.

잠시 둥근 의자에 앉아 있었다.

보관함, 의자, 거울, 벽보, 전부 빛이 바랬다. 그러한 것들에 둘러싸여 있으니 이상하게 안정감이 들었다. 이곳도 나쁘지 않은 느낌이 든다.

중년 남자 혼자서 온천을 하고 갔다. 항상 이 시간대에 오는 걸까.

2층으로 올라가는 계단이 안 보였는데 아마 예전에는 위에 휴게실이나 '노래하고 춤추는' 무대가 있었겠지. 쓰나시마온천처럼. 아니면 건물이 이렇게 클 필요가 없다.

밖으로 나왔다. 온천을 끝내고 쐬는 바깥 공기가 기분 좋다. 전신이 산뜻하다.

겨우 '수업' 전에 약삭빠르게 온천을 다녀왔다는 기분이 든다. 이번에는 솜처럼 약삭빠름이 솟아오르지 않았다. 됐

95

다. 괜찮다.

선생은 약삭빠르게 하고 있다.

일곱 명의 학생과 합류해 절 내의 상점가를 관찰하고 센소지에서 제비를 뽑았다.

"이곳은 '흉'이 잘 나오기로 유명하다"고 하면서 내가 먼저 뽑았는데 '대길'.

이어서 뽑은 남학생이,

"우아! 나왔다 '흉'."

다음 여학생이 그 모습을 보고 웃으며 뽑았는데

"와, 나도 '흉'."

그다음도 거듭해서 '흉'. 점점 흥이 오른다.

설마설마했는데 여섯 번 연속으로 '흉'이 나왔다. 이런 적은 처음이다.

이렇게 된 이상 완벽하게 가자 했는데 일곱 번째가 '길'.

여섯 흉이 화를 냈다.

"바보, 혼자 뭐 하는 거야!"

"어중간한 길을 뽑다니."

"너는 그래서 안 된다니까."

흉이 다수파가 되었다. 흉이 여당. 길은 소수당.

"제비를 모두 꺼내서 열어보고 싶다!"

여당의 1흉 의원이 막말을 하고 있을 때 초로의 부부가 제비를 뽑으러 왔다. 조금 떨어져서 가만히 지켜봤다.

"아, 소길."

"나는 길이네."

일곱 명 중에 여섯 명이나 흉이 나온 건 역시나 굉장한 우연인 듯싶다.

"앞으로 우리에게 어떤 불행이 덮쳐 올까?"

그 말에 다들 웃었다.

그런 다음 아까 나왔던 '아사쿠사칸논온천' 앞을 다 같이 지나갔다. 이미 불은 꺼져 있었고 초로의 노인이 셔터에 자물쇠를 채우고서 자전거를 타고 사라진다. 저 사람이 경영자인가.

어슬렁어슬렁 아사쿠사를 산책하며 재미있는 가게와 간판을 감상. 조림 요리 골목으로 향해 노상에 펼쳐진 테이블석에서 생맥주.

이건 뭐, 두말할 필요 없이 맛있다. 젊은 학생들보다 빨리 첫 잔을 비웠다. 역시 온천 후에는 맥주지.

명물 '소곱창조림'을 주문하면서 함께 주문했던 '소힘줄조림'이 간장 맛이었는데, 시치미*를 솔솔 뿌려 먹으니 씹는 맛도 있어 맛이 좋았다. (소곱창조림은 기본이 된장 맛.)

노상 자리는 더울까 싶었는데 실내의 에어컨 바람이 적절하게 흘러나와 쾌적하다. 노상은 개방적이라 맥주 맛이 끝내준다.

여기서 거리를 지나가는 아사쿠사 사람들을 바라보며 마시니 즐겁다. 저 아저씨는 뭐 하는 거지? 저런 어린아이가 이런 가게에서 주스를 마시고 있네. 무서워 보이는 저 사람, 실은 좋은 사람일 것 같다. 아사쿠사 사람들은 독특하다. 이 공기가 '아사쿠사칸논온천'을 심오하게 키워왔을 테지.

학생이 취했다. 옆 가게의 젊은 여직원을 보며,

"저 언니 귀엽네" 같은 소리를 해 "그런 소리 하지 마, 이 바보야!" 하고 다른 학생에게 혼이 났다.

이럴 때 아주 평범한 '냉토마토'가 기막히게 맛있다. 내장꼬치구이를 주문하면서 소곱창조림을 또 시켰다.

이것저것 먹고 실컷 마시며 껄껄거렸으나 여섯 흉 무리에 불운은 덮쳐 오지 않았다.

선생의 강력한 대길이 상쇄해주고 있는지도 모른다고 누

---

* 고추·깨·진피·양귀비씨·평지씨·삼씨·산초의 일곱 가지를 빻아서 섞은 조미료.

군가가 농담처럼 말했다. 다들 맞장구치며 웃는데 '길'만 조용하다.

정말로 내 주머니 속에 접혀 있는 대길도 여섯 홍의 기운에 제로가 돼버렸을지도 모르겠다.

제6화
가마타 온천과
생햄샐러드

늦더위 기세가 맹렬하다.

푸른 하늘에 깊이와 투명감이 느껴지면 곧 가을이다. 그러나 여름의 마지막 저항이랄까, 사납게 덮쳐 오는 태양광선은 한여름보다 날카롭게 피부를 찌른다.

이런 때에는 수영장에 몸을 던져 넣는 수밖에 없다. 그러나 올해 8월은 정신없이 바빠 이날도 뜨거운 늦더위 속 시내에 나와 있었다.

일이 끝난 시부야. 3시. 어중간한 시간이다.

주변에 수영장도 없거니와 수영복도 들고 있을 리 없다.

좋아, 원고도 원고지만 나온 김에 온천에 가서 이 불쾌한 땀을 씻어내야겠다.

아무리 더워도 약삭빠름은 빠질 수 없지.

약삭빠름은 마음의 여유다.

약삭빠름은 창작에 필요한 뻔뻔함이다.

약삭빠름은 어떤 것에도 동요하지 않는 유들유들함이다.

약삭빠름은 꼼짝 못 하게 됐을 때의 도피처다.

약삭빠름은 뒤처진 마음을 되찾기 위한 샛길이다.

약삭빠름은 꽉 찬 스케줄로부터의 피난처다.

약삭빠름은 심각해지지 않기 위한 유머다.

약삭빠름은 목수가 미닫이문이나 서랍을 만들 때 부드럽게 움직일 수 있도록 만드는 작은 공간 '빈틈'이다.

그렇다. 약삭빠름은 필요하고 중요하며 소중한 빈틈이다.

가마타蒲田에 가마타온천이 있는데 분명히 낮에도 영업 중이었다. 야마노테선山手線으로 시나가와品川까지 가서 게이힌도호쿠선京浜東北線으로 갈아타고 세 번째 역. 금방이다.

좋아, 가자.

가마타역 동쪽 출구로 나오자 기울기 시작한 햇살이 여전히 거리를 한껏 태우고 있다. 나도 모르게 얼굴이 찡그러진다.

그러고 보니 '얼굴 접는 아저씨'가 있었지. 아무리 봐도 신기한 사람. 턱관절을 빼서 얼굴을 꾸깃꾸깃 찡그리며 쭈그러뜨리는 재주로 먹고살았던 것 같다. 이상한데 재미있었다. 지금 생각하면 아슬아슬한 재주다.

그 사람도 굉장히 약삭빠른 사람이었을지 모르겠다.

가마타온천까지의 지도는 대충 머릿속에 들어 있다.

걷기 시작하자마자 땀이 터져 나오기 시작했다. 내리쬐는 햇살은 자비가 없다. 등이 삽시간에 땀으로 젖어 드는 게 느껴진다.

우체국 옆을 돌자 소박한 상점가가 나왔는데 별로 넓지도 않은 길에 버스가 달린다.

왼쪽 골목길을 기웃대며 걷는다.

얼추 다 왔다 싶어 보니 멀리 '무인 빨래방' 간판이 보였다. 보통 무인 빨래방은 목욕탕에 인접해 있다. 저쪽이 틀림없다고 생각하며 걸어가자 흰 바탕에 붉은 글자로 '가마타온천'이라 적힌 세로 간판이 보였다.

오른쪽으로 꺾어 들어가면 입구가 나오는데, 그 길목 입구 위로 아주 큰 새빨간 아치 간판이 놓여 있다. '가마타온천'이라 적힌 흰 글자 사이의 정중앙에 사자 그림이 그려져 있다.

길목에 들어서니 오른쪽 건물 타일 벽에 검은 금속 글자로 '가마타온천'이 붙여져 있었다. 그리고 건물 입구 위의 아치 차양에도 '가마타온천', 유리문에도 흰 글자로 '가마타온천', 입구 옆의 길바닥에는 술집에서 자주 보는 전기 간판이 놓여 있었는데 거기에도 붉은 글자로 '가마타온천'.

알았으니까 그만.

온 사방이 가마타온천. 대체 얼마나 가마타온천을 부르짖고 있는 거야, 가마타온천.

안으로 들어갔다. 신발을 벗기 전에 입장권 자동판매기가 있다.

입장료는 성인 450엔. 목욕탕 요금이다.

수건·목욕 타월·비누·샴푸·린스·칫솔로 구성된 '빈손 세트'는 750엔. 칫솔이 들어 있는 게 신기하다.

거기에 유카타*가 첨가된 '유카타·빈손 세트' 1,000엔. 재미있군.

수면실 이용료는 500엔이다.

---

* 목욕 전후 또는 여름철에 입는 무명 홑옷.

103

거참, 별게 다 있군. 신기하다.

그러나 잠까지 잤다가는 '약삭빠른'의 단계를 넘어버리겠지.

빈손 세트는 됐고 수건만 50엔 주고 대여하기로 했다. 신발을 벗고 프런트에서 수건을 대여한 뒤 신발장 열쇠를 주고 보관함 열쇠를 건네받았다.

남탕으로 들어간다. 탈의실은 그 과한 간판에 비해 조금 좁았다. 손님 세 명이 들어와 있었다.

모자를 벗고 안경을 벗고 티셔츠를 벗는다. 등이 땀에 젖어 축축하니 무겁다. 나중에 이걸 그대로 입어야 한다고 생각하자 우울한 기분이 들었다.

그랬는데 메고 있던 가방 속에 갈아입을 티셔츠가 말아져 들어 있었다!

이건 요전 날 수영장에 갈 때 갈아입으려고 넣어뒀다가 결국 안 갈아입고 그대로 넣어둔 것이다.

이런 행운이. 재수 좋은 날.

단숨에 마음에 여유가 생겨났다.

헤헤.

폭염이 다 무엇이더냐. 온천에 들어가 흘린 땀을 모두 씻어내고 보송한 셔츠로 갈아입을 수 있다. 미래는 보송하다.

욕탕도 안 넓다. 하지만 4시인데도 예닐곱 명의 손님이 있어 복작거린다.

노인이 많은데 무언의 활기를 느꼈다. 모두 단골이겠지.

또 재수가 좋았던 것은 한가운데 있는 세면대, 이른바 외딴섬 세면대의 거울 위에 자유롭게 사용 가능한 샴푸와 바디 워시가 있었다는 것.

오늘은 비누 없이 끝내보려고 했는데.

몸은 젖은 수건으로 문질러 여러 번 씻어내면 되고 그 후에 탕을 몇 번 들락날락하면 깨끗해진다.

온천에서는 물의 효능을 100퍼센트 받아들이고 싶어서 비누는 일절 사용하지 않는다는 사람도 있을 정도다.

나는 민둥산이라서 머리 씻는 데 샴푸니 린스니 하는 것들은 이제 없어도 되는 편리한 머리다. 하지만 있다면 감사히 사용한다. 비누도 샴푸도 향이 좋아 씻었다는 실감이 난다. 대머리일지라도.

구석구석 몸을 깨끗이 씻고서 탕에 들어간다. 욕조는 좌우로 나뉘어 있고 각기 한 번 더 나뉘어 있다. 칠흑같이 검은 물의 왼쪽 탕은 고온과 저온으로 나뉘어 있다. 투명한 물이 오른쪽 탕은 기품팅과 전기탕으로 나뉘어 있다.

오른쪽 탕은 버렸다. 필요 없다. 전기탕은 원래도 혐오해서 이용 안 할뿐더러 물이 솟구치는 거품탕도 최근에는 별로다.

검은 저온탕으로 들어간다. 40.3도라고 적혀 있다.

천천히 발부터 담근다. 바닥이 전혀 안 보여서 불안. 담근 발도 금세 안 보인다.

전에 들어갔던 쓰나시마온천보다도 검을 것 같다.

어깨까지 잠근다.

기분이 좋다.

색과는 이미지가 다르다. 온천물인데 이상하게 산뜻하다. 물이 부드러운 것과는 조금 다르다. 그렇다고 거친 것도 아니다.

뜨겁지는 않은데 미지근하지도 않다. 기분이 좋다고밖에 달리 할 말이 없다. 이대로 계속 앉아 있고 싶다. 냄새는 전혀 없다.

그나저나 네 명이 들어가면 꽉 차겠다. 지금은 나 말고 한 명밖에 없다. 육십 대 후반이려나. 눈을 감고 기분 좋은 표정으로 앉아 있다. 거북이나 나이 먹은 바다표범을 연상케 한다.

이 물은 내 피부에 맞는 것 같다. 마음에 든다.

물속의 손바닥을 수면 가까이 가져와도 수심 5센티미터 정도까지는 전혀 안 보인다. 색이 정말 짙다. 그러나 산뜻하다. 그런 음료가 있었던 것 같은데 안 떠오른다.

투명한 물에 들어가 있는 사람도 많다. 검은 물의 뜨거운 쪽에 들어가 있는 사람도 있다. 하지만 나는 검은 물의 저온이면 충분하다. 자신에게 맞는 게 있다면 그걸로 됐다.

요즘 이것저것 시도하거나 모험은 하지 않게 되었다. 많은 것을 바라지 않는다. 마음에 든 것을 오래 이용하고 싶어졌다.

한 차례 욕탕을 나와 잠시 쉬었다가 한 번 더 저온에 들어갔다. 역시 기분 좋다.

사십 도나 되는 물에 몸을 담그면서 삼십 몇 도의 바깥 더위보다 단연 기분이 좋다는 게 믿기지 않는다.

나가면 금세 땀이 터져 나오겠지. 탈의실에서 에어컨 온도를 확 내려야겠다.

탕에서 나와 나가기 전에 물이라도 뒤집어쓸까 하고 있는데 입구 옆 사우나에서 나온 사람이 기분 좋은 표정으로 냉탕에 들어갔다.

이곳은 사우나 요금이 따로 없는 듯하다. 희한하네. 그래도 들어갈 기분은 안 든다. 온천과 사우나는 어쩐지 다른 느낌이다. 적어도 오늘은 들어가고 싶은 마음이 없다.

냉탕에 들어갔던 사람이 나오길래, 한 명밖에 못 들어가는 그 작은 냉탕에 조심히 손을 넣어봤는데 별로 안 차갑다.

천천히 들어가보니 이게 또 기분 좋다!

창으로 들어오는 빛이, 아직 낮이다. 약간 수영장에 몸을 담근 기분.

온천에 느긋하게 두 번 들어간 후 냉탕, 나쁘지 않다.

모처럼 접한 검은 온천물의 효능이 찬물에 다 녹아버린 듯한 기분도 조금 들었으나, 그런 쩨쩨한 소리를 하기보다는 이 기분 좋음을 실감한다.

그래도 오래는 못 있고 금방 나왔다. 꼭 짠 수건으로 몸을 닦고 욕탕을 나왔다.

갑작스러운 발걸음이었지만 정말이지 이곳에 오길 잘한 것 같다.

잠시 팬티 한 장 차림으로 탈의실에 있었다.

예상대로 냉탕에서 다소 차가워진 몸에 금세 땀이 난다. 식지 않는 따뜻함, 온천의 훈훈함. 그것을 수건으로 꼼꼼히 닦는다.

큰 거치형 에어컨이 있어 그 앞에 서고 싶은데 두 할아버지가 떡하니 버티고 있어 갈 수가 없다.

한 할아버지는 둥근 의자에 앉아 있고 다른 할아버지는 서 있다. 서 있는 할아버지는 흰 팬티 한 장 차림에 배가 둥그렇게 불룩하다. 앉아 있는 할아버지는 흰 반팔 셔츠와 이른바 속바지 차림.

여기서 안면을 텄으나 말을 나눈 적은 거의 없는 관계 같다. 서 있는 쪽이 앉아 있는 쪽에게 말했다.

"일은 하시오?"

"안 합니다."

"그렇군."

"오늘은 자전거로?"

"예."

"내가 위지요?"

"……"

"이 정도?"

서 있는 쪽이 한 손을 펼치더니 두 손가락을 세워 앉아 있는 사람에게 내보였다.

"예."

"역시. 내가 형님이구만."

"……."

"그쪽은 머리칼이 수북하잖소. 나는, 그거, 뭐더라. 그거요. 그거, 아, 쇼와 한 자릿수에 태어났수다. 두 자릿수지요?"

"예."

"딱 봐도 그래 보여, 머리가 수북하잖아."

앉아 있는 사람은 짧은 백발에 이마가 상당히 넓으나 대머리는 아니다. 그렇다고 수북한 느낌도 아닌데.

서 있는 사람은 백발의 옆머리만 남은 대머리다. 자기 나이를 말하면서 왜 저렇게까지 더듬는 걸까. 뭐, 모르는 바도 아니다.

그래도 서 있는 사람이 쾌활한 느낌. 앉아 있는 연하는 점잖다.

카메라 축제에 간 건 좋았는데 필름을 깜빡했다면서 이제 머리가 다 됐다고 하는 서 있는 할아버지의 이야기를, 앉아 있는 할아버지는 아, 예, ……와 같이 반응하면서 흥미 없이 듣고 있다. 건성으로 하는 대꾸를 보니 전혀 안 듣고 있나보다.

겨우 땀이 식어서 새로운 티셔츠를 입는다. 가슴이며 팔과 등에 닿는 이 건조한 감촉이 참으로 산뜻하다. 아까 입고 있던 축축하니 무거워진 땀 셔츠를 입는다고 생각하면 생지옥이지 싶다.

탈의실을 나와 소파와 텔레비전이 있는 로비로 가니 에어컨이 안 켜져 있어 조금 덥다.

계단을 올라 2층으로 가봤다.

그곳은 의외로 넓은 휴게실로 테이블도 많고 낮은 무대도 있으며 노래방 기기도 있다.

쓰나시마온천의 사교댄스가 떠올랐다.

손님은 아주머니 둘뿐, 사워로 보이는 음료를 마시고 있었다. 그중 한 명이 먼저 가고 남은 아주머니는 혼자서 주먹밥 정식을 먹고 있다. 된장국과 채소 절임과 주먹밥 두 개.

아주머니는 주먹밥을 손으로 안 들고 접시에 올려놓은 채 젓가락으로 허물어 입에 가져가고 있었다. 희한하게 먹는다.

고상하게 보이고 싶나? 전혀 안 그래 보이는데.

벽을 보니 메뉴가 상당히 많다.

게살솥밥, 연어솥밥, 고기채소볶음, 소시지당근볶음, 전갱이튀김, 붉돔, 오징어링튀김, 참치샐러드, 소고기조림…… 완전히 술집이다.

거기에 아이스크림, 단팥죽, 우무묵에 소다수까지 있다.

음료 종류도 다양하고, 놀랍게도 술을 맡겨 놓을 수도 있었다.

벽 쪽에 티슈 상자가 여러 개 나란히 포개어져 있었는데 각각에 매직으로 이름이 적혀 있다.

세상에 티슈도 맡겨 놓을 수 있나보다! 뭐야 저게.

단순한 휴게실로 여겼는데 이곳은 거의 식당이라 뭐라도 주문을 해야만 할 것 같은 기분이 들었다.

그 순간 '큰 객실에 음식물 반입은 안 됩니다'라는 벽보를 발견.

황급히 칼피스*를 주문했다.

돈을 받는 카운터 같은 곳이 있고 그 주변에는 봉지로 된 마른안주, 모둠 스낵, 다시마, 쇠고기 육포 같은 것들도 잔뜩 진열돼 있었다.

그 카운터 바닥 쪽에, 하늘색 바탕에 금색 테두리의 검은 글자로 페인트칠 된 '가마타온천'이 새겨진 나무 간판이 비스듬히 세워져 있다.

이제야 알겠다. 이곳 주인은 간판을 좋아하는 간판 마니

---

* 일본의 국민 음료로 불리는 유산균 음료.

아로군.

칼피스는 얼음이 너무 들어갔다. 양이 적어서 단숨에 비웠다. 맥주처럼 탄산이 없는 만큼 목은 저항 없이 칼피스를 통과시켰다. 맛이 있는지 없는지 잘 모르겠다.

얼음이 안 들어 있는 냉수가 확실히 맛있다. 실패다.

오래 있다가는 약삭빠름의 기분이 옅어질 것 같아서 서둘러 가마타온천을 나왔다.

해가 기울었는데도 여전히 덥다. 한층 눈부신 저녁 빛은 사람의 땀에 굶주려 있는 것 같다.

가마타온천의 아치 간판을 빠져나와 옆에 있는 소박한 내장 꼬치구이집을 발견. 불투명한 유리문이라 안이 안 보여 들어가려면 용기가 조금 필요한 가게다.

그래도 주변이 주택가고 이런 온천 옆에 있으니 무서운 가게는 아니겠지. 들어가볼까.

온천 옆에 있길래 들어간다.

아직 더워 기껏 갈아입은 셔츠에 땀 흘리기도 싫고 해서 해질 때까지 잠깐 더위를 피할 겸 들어갔다.

약삭빠르게 움직이고 있다가 맞이한 예상치 못한 전개.

여기서 한잔하고 갈까. 오늘은 칼피스에서 끝내려고 했건만.

"어서 오세요."

안은 의외로 좁았는데 오른쪽에 다섯 명 정도 앉을 수 있는 카운터석, 왼쪽에 4인용 테이블 두 개, 안쪽에 이 가게의 집으로 보이는 다다미 넉 장 반 정도의 작은방.

아무래도 카운터석은 단골 자리인 것 같아서 입구 옆 테이블에 자리를 잡고 안쪽을 향해 앉았다.

생맥주와 꼬치구이는 염통, 머리, 연골. 거기에 생햄샐러드를 주문했다.

이제 막 가게 문을 열었나보다. 주인은 사십 대려나. 아내로 보이는 여성과 둘이서 하고 있는 모양이다. 나름 오래 해온 듯 보인다.

손으로 쓴 엄청난 수의 메뉴판과 벽에 조잡스럽게 붙은 사진이며 사인과 달력의 난잡스러운 모습에 웃음이 나는 건 왜일까.

생맥주의 목 넘김이 끝내주게 좋다. 칼피스가 길을 열어둬서 그런가.

채 썬 양배추 위에 어린잎채소, 적양배추, 적양파를 얹고 산뜻한 드레싱을 뿌린 다음 얇게 저민 생햄을 올려 검은 후추를 빻아 뿌린 생햄샐러드가 진짜 맛있다.

이 가게는 분명 좋은 가게다.

다른 테이블에는 중년의 부부가. 확인할 것도 없이 동네 단골임이 느껴진다. 두 사람 모두 온몸이 무방비하게 느긋하다.

한참 조용히 마시고 있는데 초등학교 4학년으로 보이는 남자아이를 데리고 젊은 여자가 들어오더니 부부와 같은 테이블에 앉았다. 부부와 여자가 한 가족으로는 안 보이지만 아주 친밀한 사이 같다.

이발소에서 머리를 막 깎고 온 듯한 아이의 머리칼을 보고 남편이,

"야마토, 머리 멋지구나. 오호? 옆에 번개 문양이 있네."

정말이다. 귀 양옆으로 쳐올린 부분에 바리캉으로 모양을 낸 번개 같은 가는 줄기가 있었다.

그런데 이건 본인의 의지가 아니라 젊은 금발 엄마의 취향인 듯싶다.

야마토라 불리는 아이도 가게에 익숙한 모양인지 바로 테이블에 카드를 여러 장 펼쳐 놓고서 이리저리 맞춰보며 갖고 놀기 시작했다.

네 사람은 튀김 중심으로 계속 주문을 했고 술도 쉬지 않고 마신다. 물론 아이는 주스지만.

어른 셋은 이따금 야마토에게 "가게 많이도 차렸네"와

같은 엉뚱한 소리를 날리면서 실없는 잡담과 집안 이야기를 해대며 마시고 있다. 아이는 혼자서 조용히 카드를 갖고 놀고 있다.

문득 어린 시절 가게를 하던 친척의 큰 연회에 따라갔다가 지루했던 기억을 떠올렸다. 넓은 객실에 아이가 좋아하는 음식은 거의 없고 콜라도 금세 다 마시고 나자 할 게 없었다.

어른들은 대체 왜 이렇게 끝도 없이 이야기를 나누고 있을까. 조금도 재미없는 이야기에 어째서 일일이 웃는 걸까.

무료함을 달래기 위해 맥주가 조금 남아 있는 맥주병을 거꾸로 들어 마셨을 때의 그 맛없음.

도대체 왜 이런 걸 어른들은 즐거운 얼굴로 몇 병이나 마시는 거지?

어른의 시뻘건 얼굴. 보기 흉하다.

어른의 술 냄새 섞인 숨. 화가 치민다.

언제까지 이런 곳에 있어야 하나?

갈 데가 없어 객실에 놓인 좌탁 아래로 숨어들어 포복 걸음으로 기어갔다. 도중에 테이블에 부딪혀 잡고 일어서다가 맥주병을 쓰러뜨리는 바람에 부모님한테 걸려서 된통

혼났다.

저렇게까지 안 웃어도 되는데 싶을 정도로 아저씨들이 웃어댔다. 술을 안 마시는 아버지와 엄마는 왜 이런 술자리에 와서 매번 똑같은 이야기를 하며 웃는 걸까.

아무도 없는 복도로 어린 남동생을 데리고 '탐험'을 나섰다. 기모노를 입은 몇 명의 직원이 바쁘게 돌아다녔다. 큰 독수리 나무 조각상이 날개를 펼치고 있었다. 방문 앞에 슬리퍼가 엄청나게 놓여 있었다.

국화꽃 자수가 가득 놓인 연보랏빛 기모노를 입은 할머니가 어두컴컴한 곳에서 젊은 직원을 호되게 꾸짖고 있었다. 봐서는 안 되는 장면을 본 것 같은 기분이 들어 나도 모르게 숨었다.

조금 전까지만 해도 그 할머니는 쭈글쭈글한 얼굴을 생글거리며 현관에서 할아버지들에게 굽실굽실 고개 숙여 인사를 하던 사람이다.

계단에 앉았다.

어른은 싫다.

남동생이 엄마한테 돌아가자고 울상을 하며 소매를 잡아당겼다. 하는 수 없이 나는 복도로 돌아와 넓은 객실 문을 열었다. 거기에는 아까보다 한층 더 무리 지어 술 냄새 나는 공기와 그에 휩싸인 어른들의 수다와 웃음소리가 시끄럽게 울려대고 있었다.

아, 나는 저 세계에 안 들어가고 싶었다. 남동생도 들여보내고 싶지 않았다. 우리를 발견한 엄마가 조금 무서운 얼굴로 이리 오라며 손짓했다.

제7화
진다이지 온천과
모둠튀김 메밀국수

9월도 끝나가는데 늦더위가 가실 기미가 안 보인다. 올해 야외 수영장은 진즉에 종료되었다.

하늘을 올려다보니 확실히 가을이다. 푸른 하늘이 맑다. 그만큼 수증기의 저항을 벗어난 햇빛이 그대로 피부를 찔러온다.

음지로 들어가면 상쾌하니 시원해지나 양지로 나오면 옷밖으로 드러난 피부가 쏘아대는 햇빛 화살에 금세 이글댄다. 밤이면 가을벌레가 시끄럽게 울어대는데도 말이다.

그래서 이번 달을 넘기기 전에 아침 온천을 다녀와야겠

다는 생각이 들었다.

평일 오전. 오후 1시부터 회의가 있다.

"밤늦게 자서 오전에는 도무지 집중을 못 할 것 같습니다. 점심 이후로 할 수 있을까요?"

그렇게 말하고 9시 반에 일어나 그대로 온천으로 직행한다.

게다가 택시로. 약삭빠름에도 정도가 있는데. 이런 것까지 써도 괜찮으려나.

에이 모르겠다, 늦지 않게 회의에 도착하면 아무도 뭐라 안 한다.

집에서 택시로 갈 수 있는 온천. 바로 조후시調布市 진다이지 절에 있는 '진다이지온천 유카리'이다.

온천 이름만 썼는데 벌써부터 집으로 돌아가는 길에 진다이지에 들렀다가 어딘가에서 메밀국수를 먹고 올 것 같은 느낌이 팍팍.

한술 더 떠 음식이 나오기를 기다리는 동안 맥주 한 병도 마실 것 같은 예감이 강하게 밀려온다.

괜찮을까.

즉각 실행. 수첩과 지갑만 든 작은 숄더백을 메고 집을 나선다. 땀을 흘릴 새도 없으니 갈아입을 옷은 안 가져간다.

아파트 앞 대로에 바로 택시가 왔다. 올라타자 에어컨이 켜져 있었다.

진다이지 문 앞까지 부탁했다. 10분 정도면 도착. 요금은 1,250엔.

어때요? 끝내주지요?

나 지금 누구에게 동의를 구하고 있나. 이걸 읽고 있을 독자 여러분이겠지. 어쩐지 살짝 죄책감이 든다. 사치가 과했나.

택시를 타다니. 구스미 요새 아주 신바람이 났군. 회의 전에 온천이라. 그것도 택시로. 언제부터 그렇게 잘나갔지? 자기가 무슨 연예인인 줄 아나? 심야 방송에 잠깐 나온 정도 가지고. 다음에 만나면 확 차버릴까.

아이고 죄송합니다. 고개 숙여 사죄합니다. 지금 진짜로 바닥에 엎드렸습니다.

진다이지의 참배길 입구 건너에 간판이 나와 있었는데 '진다이지온천 유카리, 직진 막다른 골목에서 왼쪽으로 꺾으면 바로'라는 문구와 화살표가 그려져 있다.

길은 차도였는데 좁은 오르막길에 의외로 경사가 가파르나.

처음 왔을 땐 집에서 자전거로 왔었다. 자전거를 탄 상태로는 다 못 올라가 내려서 밀고 올라갔다.

겨우 다 올라갔더니 오른쪽으로는 크고 모던한 수도원이, 왼쪽에는 작은 밭과 주택지. 온천으로 보이는 건물은 그림자도 안 보인다. 막다른 골목도 없고 얼마 지나지 않아 내리막길이 나온다.

그 길 끝에는 막다른 골목이 아니라 왼쪽으로 커브를 그리고 있는 느낌, 볼록거울이 저 멀리 보인다.

여기에 있는 게 맞나. 간판은 확실히 이 길을 가리키고 있었는데. 불안해진다. 의심이 의심을 낳으며 언덕을 내려가니 왼쪽에 묘지가 나타나 더더욱 불안해진다.

커브길을 따라 왼쪽으로 내려가자마자 다시 오른쪽으로 꺾인다. 하는 수 없이 내려가자 넓은 길이 나오는데 왼쪽을 보니 드디어 '진다이지온천 유카리'의 간판이 보였다. 안도한다.

그나저나 간판은 확실히 있는데 입구가 구석지고 밋밋해서 재차 이곳 괜찮나 싶어 걸음을 멈추게 된다.

그게 이 온천이다.

왜 자전거로 올 수 있는 곳을 택시를 타냐고!

에이, 그러지 마시고. 택시로 한번 와보고 싶었습니다. 이제 안 그러겠습니다. 버스로 오겠습니다.

뭐라고? 버스도 있었어?

아이고 죄송합니다, 제발 화내지 마세요. 이번만입니다. 특별히.

입장료는 '일일권'이 성인 1,650엔. 아침 10시부터 밤 10시까지로, 시간제한 없이 있을 수 있다. 실내복 포함이다.

그 외에 '간단한 목욕권'이라는 게 있었는데 성인 1,100엔. 이건 입장 후 60분간. 이번에는 이걸 이용한다.

그런데 '간단한 목욕'이라는 이름이 은근히 완곡하게 사람을 바보 취급하는 것 같다. 더구나 일일권에 비해 상당히 비싸다.

구스미 양반, 흥청대며 택시로 와 놓고서 고작 간단한 목욕권이라니. 이 구두쇠 영감.

뭐? '상당히 비싸다'고? 옹졸하군! 역시 마음이 좁은 남자구만. 도저히 큰 인물은 못 되겠군.

에이, 무슨 말이든 해보라고.

보관함 열쇠를 받은 다음 카운터에서 수건과 목욕 타월을 받았다. 바로 옆의 포럼을 걷고 탈의실로.

아직 문을 언 지 얼마 되지도 않았는데 손님이 꽤 있다.

역시나 노인이 많은데 아이도 보인다. 여름 방학은 끝났을 텐데.

생각하고 보니 오늘은 토요일이었다. 업무상 요일 감각이 약하다. 요일 허약체질. 작업실에서 오늘은 전화가 아주 적은 조용한 날이네 하고 보면 일요일이었던 경우가 제법 있다.

자, 욕탕으로.

오랜만이다. 한 10년만일지도 모르겠다.

먼저 몸을 씻는다. 수건이 조금 두꺼워서 사용하기 힘들다. 둘러보니 다들 개인 수건을 들고 와 있다. 단골인가.

나는 온천 료칸에서 주는 그 얇고 힘없는 수건이 좋다. 집에 들고 와 사용하면 금방 못 쓰게 되지만, 이상하게 피부에 잘 맞는다.

요컨대 나는 그 온천 료칸 수건급 인간이 아닐까. 그렇게 생각하니 편하다. 삶이 편하다. 그 수건이면 된다 나는.

몸을 대강 씻고 실내는 패스하고 곧장 노천탕으로 향한다. 날이 맑아 직사광선이 내리쬐고 있었으나 주변 나무들로 그늘져 있다.

탕에 들어간다. 갈색. 짙어 보이나 들어가니 의외로 투명도가 있다. 보리차 정도려나. 별로 안 뜨거워서 좋다.

앉은 채로 탕 안의 그늘 쪽으로 이동한다. 게가 된 기분.

물 위로 떠 있는 나뭇잎이 운치 있다. 하지만 가을이 깊어지면 운치 같은 소리는 나올 수 없을 만큼 마른 잎이 마구 떨어지지 않을까.

아침 목욕은 기분이 좋다. 그런데 아침 온천에 노천탕이라니. 이건 못 참지.

푸른 하늘. 구름이 오늘은 아직 여름날의 구름 같다. 참매미가 울고 있다. 마지막 울음이겠지.

조금 전까지 집에서 자고 있었는데 온천에 몸을 담그고 있을 줄이야.

양손으로 물을 떠서 얼굴에 문지른다. 잠시 후 입술을 핥으니 미미하게 짜다.

바위에 등을 대고 정원을 둘러본다. 전에 왔을 때보다 좋은 느낌으로 촌스러움이 묻어난다. 작은 물레방아가 있는데 안 돌아간다. 분명 폭포가 있었는데 물이 안 떨어진다. 폭포는 관둔 모양이다.

이 머리 위의 초록도 전에 왔을 때보다도 울창하다. 올려다보니 평평하게 드리워진 가지와 잎이 겹겹이 포개져 햇살을 가리고 있다.

그때 핑크색의 둥근 것이 눈앞의 갈색 탕 위로 톡 떨어졌다. 꽃봉오리 같다.

시선을 올리자 건너편에 가는 백일홍 나무가 있었는데 꽃을 피우는 중이었다.

아, 본가 마당에도 예전에 저런 백일홍 나무가 있었는데. 기억이 떠오른다.

백일홍*이라는 이름이 어린 마음에 흥미로웠다.

집에 있던 나무는 빈약해서 몰랐으나, 그 이후 어딘가에서 두꺼운 백일홍 나무를 보고 그 매끈매끈한 놀라운 줄기를 어루만지고는 감탄했었다.

'과연, 아무리 나무를 잘 타는 원숭이라도 이 나무는 어렵겠다.'

자라난 그대로일 텐데 그 표면은 장인이 공들여 손질한 것처럼 매끈하니 신기하다. 매끈한 가운데 근육질 같은 요철이 있는, 그런 남성적인 나무에 연한 핑크색의 귀여운 꽃

---

* 백일홍의 일본식 이름 사루스베리サルスベリ는 원숭이도 미끄러져 떨어질 정도로 나무껍질이 매끄럽다는 비유에서 붙여진 이름이다. '사루'는 원숭이, '스베리'는 미끄러지다를 의미한다.

이 보드랍게 핀다.

그런데 정말로 누군가가 일본원숭이가 이 나무를 오르려다가 허무하게 주르르 미끄러지는 모습을 보고 이 이름을 붙였을까.

아니. 옛사람의 시심詩心에서 나왔을 거다. 울림도 좋은 이름이다.

사루노코시카케猿の腰掛け,말굽버섯라고 하는 버섯 이름도 좋아한다. 옛사람의 작명 센스가 좋다. 정작 당사자 원숭이는 싫어할 것 같지만.

살모넬라균*은, 너무 나갔나요.

살미아키**는 핀란드의 '세계 제일의 맛없는 사탕'이다. 하지만 그건 '일본인이 느끼는 세계 제일의 맛없음'이다. 그 맛이 일본에 없는 약쑥 맛인 탓에 익숙하지 않을 뿐이다. 북유럽에서는 전통적인 맛. 리코리스라고도 부른다. 술고래라면 럼주 론리코의 맛이라고 생각하면 맛없다는 느낌이 덜해진다.

---

* 일본어로 사루모네라킨으로 발음한다.

** 일본어로 사루미아키로 발음한다.

수도승처럼 눈을 감고 가만히 탕에 몸을 담그고 있는 외국인도 있다. 단정하고 또렷한 윤곽의 생김새를 가졌는데 눈을 감고 있다. 벌거벗은 기분이 들어서 그런가. 별로 기분이 안 좋아 보인다.

그가 갑자기 눈을 뜨며 일어났다. 그는 그대로 나와 다른 탕으로 들어갔다. 노천탕도 탕이 다양하다.

뒤이어 동굴에서 다른 외국인이 나타났다.

그렇다, 이 노천탕에는 '동굴탕'이라는 어두운 터널 형태의 탕이 있다. 전에 왔을 때 재미있어 보여서 들어갔는데 찌는 듯이 무덥기만 해서 별로였다.

그들은 함께 일본을 여행하는 중일까. 유럽 사람처럼 보였다.

그 순간 놀랍게도 바위 그늘에서 또 한 명의 외국인이 나타났다. 외국인 축제인가.

수염 난 얼굴에 구불구불한 검은 머리칼의 청년은 일본의 히피 집단에 들어가면 무조건 '예수'라는 별명이 붙을 법한 얼굴을 하고 있었다.

찬란한 햇빛을 받으며 일본인 할아버지가 바위에 앉아 있었는데 쳐다보니 역시나 외국인의 그곳을 흘끗거리고 있어 재미있었다.

참고로 이 할아버지의 물건은 백발이 섞인 무성한 음모 사이로 끝부분이 조금만 빼꼼히 나와 있어 귀여웠다. 그곳에도 햇빛이 비치고 있었다.

다른 노천탕으로는 한 명밖에 못 들어가는 '가마솥탕'이나 야외임에도 지붕이 있고 주위가 유리로 뒤덮여 있는 원형의 '향기탕'이 있다.

어차피 똑같은 물이니 큰 탕에 들어가는 것으로 만족. 그래도 모두 느낌 좋게 낡아 있다.

그러고 보니 이곳은 처음에는 '풍수'를 매우 강조해서 그런 내용을 주저리주저리 써놓은 나무 간판들이 걸려 있었는데, 모두 떼어냈다.

백번 잘했다. 어째 설교 같아서 시끄럽게 느껴졌었다.

향기탕에는 왠지 모르게 조금 야릇한 것이 쓰여 있었는데(내 기억에 '회춘'이나 '부부화합' 같은 효능들이), 그것도 깔끔하게 사라지고 없었다. 아주 마음에 든다. 그런데 사라지면서 향기도 함께 사라졌다.

남아 있는 건 바위탕 주변 돌에 새겨진 '청룡' '백호' '주작' '현무'의 방위를 나타내는 글자뿐이다.

탕에서 나온 외국인들이 스쳐 지나갔는데 서로 말 한마

디 안 나눈다. 동행자는 아닌 모양이다.

그건 그렇고 오전부터 이렇게 기분이 좋아져도 괜찮나.

실내로 돌아와 한 번 더 몸을 깨끗이 씻고 있는데 탕에서 초등학교 5학년으로 보이는 남자아이가 뼈만 앙상하게 남은 할아버지에게 수수께끼를 내고 있었다.

"화살인데 금색이에요. 뭐게요? 그 활 쏘는 화살 있잖아요."

할아버지는 잠자코 있다.

"힌트 드릴까요?"

"……."

"할아버지, 내 말 들려요? 금색, 금덩어리 색깔 화살 말이에요. 뭐게요?"

"……."

"정답은 쇠*예요, 쇠."

"……."

그곳에 소년의 아버지로 보이는 남자가 와서 할아버지를 일으켜 세운다.

---

* 금색의 金 +화살의 矢 = 쇠鉄.

소년은 말없이 반대쪽에서 일으키는 것을 돕는다.

천천히 일어서는 노인, 얼굴이 창백할 만큼 희고 근육은 몽땅 빠져서 지팡이처럼 가늘고 쭈글쭈글한 거죽만 붙어 있다.

나는 자연스레 소년이 대단하게 여겨졌다.

세 사람은 밖으로 나가 노천탕에 들어가겠지.

한편 나는 '소금가마솥탕'이라는 뜨거운 습식 사우나에도 한 차례 들어갔다.

원래 이랬나? 전혀 기억에 없다. 상당히 쇠퇴했다.

벽의 페인트가 얼룩덜룩 벗겨져 있고 천장 상태도 심각하다. 의자가 있었을 장소가 철거되어 있었다. 의자가 삭아서 누군가가 쓰러지기라도 한 게 아닐까, 쓸데없는 상상을 하고 말았다. 증기와 소금기 때문이겠지.

아무도 안 들어온다. 바로 나왔다.

노천탕보다 매끈하니 검게 보이는 실내 탕에 느긋하게 들어갔다가 나왔다.

탈의실에서 몸을 식히며 쉬고 있는데 조금 전의 세 사람이 들어왔다. "아빠는 거의 매주 아키하바라에 가니?" "네, 가요" 하는 대화를 나누고 있다.

아이가 어른을 각기 '삼촌'과 '할아버지'라고 부르는 걸로 보아 아버지라고 생각했던 사람은 아버지의 형제인 모양이다.

삼촌은 아무 말도 안 하는 할아버지에게 흰 속옷을 입히고 의자에 앉힌 다음 연보랏빛의 나일론 양말을 정성스레 신기고 있었다. 아이는 척척 옷을 갈아입고는 게임을 하며 기다리고 있다.

"아빠와 아키하바라에 가서 뭐 하는데?"

"카드 사주는데요."

"매주?"

"네. 갈 때마다."

"그 많은 카드 다 어쩌려고. 감당 안 될 텐데."

"그러니까요, 카드를 상자째 사줘요."

"헐."

아이고야, 매주 상자째라니.

"그 정도면 네 엄마 폭발할 텐데."

내가 속으로 생각하던 걸 삼촌이 그대로 입 밖으로 냈다.

"아빠가 자꾸 사주는 걸 어떡해요."

아버지는 매주 무슨 목적으로 아키하바라에 가는 걸까, 아들을 데리고.

탈의실을 나와 미네랄워터를 사서 마셨다. 차가운 물이 아주 맛있다. 그러고 보니 일어나서 마시는 첫 물이다.

나무 계단을 올라 2층 휴게실로 간다. 맨발의 발바닥에 닿는 나무 감촉이 기분 좋다.

어릴 때 무진장 오르내렸던 야마나시 할머니 댁의 계단과 같은 감촉이다. 니스칠이 안 돼 있는 부드럽고 매끈매끈한 모서리가 둥근 나무 계단.

슬리퍼라는 신발이 나는 정말이지 싫다. 그런 거 없이 화장실 이외에는 맨발로 걸을 수 있는 건물이 이상하게 친근함이 들어 좋다.

2층 휴게실은 다다미가 30장 정도 깔린 객실로, 각자가 방석이나 수건 및 담요를 들고 원하는 자리에서 자면 된다. 아직 10시밖에 안 지났는데 방석으로 침대를 만들어 자고 있는 사람이 몇 명 있다.

사람들 대부분이 실내복을 입고 있어서 여기서 쉬었다가 다시 탕에 들어가거나 식당에서 식사를 하거나, 또는 1층 휴게실에서 맥주를 마시거나 빙수를 먹으면서 반나절을 보내겠지. 하루 종일 보내는 사람도 있을 거다.

전에 왔을 때 이 2층 휴게실을 들여다보다가 바닥에 사람들로 쏙 자 있어서 놀랐다. 피난 캠프 같았다. 누울 자리가 없었다.

오늘은 아직 비어 있다. 나는 등나무로 엮은 베개와 방석 한 장을 가져와 머리를 벽 쪽에 두고 드러누웠다.

조용하다. 어둑해서 마음이 편안하다. 약하게 에어컨이 틀어져 있다.

앞으로 20분 정도 쉴 수 있다. 눈을 감고 가만히 있었다.

복도를 돌아다니는 종업원의 발소리만이 들린다. 요상한 음악 소리가 안 나는 것도 좋다.

그 외국인들의 모습은 안 보인다. 아직도 탕에 들어앉았나. 아니면 이 방의 존재도 모르고 가버렸을까.

뭔가를 생각하는 것도 아니고 자는 것도 아닌 채로, 그저 멍하니 15분가량을 뒹굴었다.

일어나 계산을 하러 계단을 내려갔다. 정산은 마지막에 한꺼번에 한다. 음식도 전부 보관함 번호만 대면 되니 지갑을 안 들고 다녀도 돼서 편하다.

밖으로 나오니 자연 바람이 기분 좋았다.

언덕을 오르내려 절 앞까지 왔다.

근처 '유스이'라는 메밀국수집에 들어갔다. 늘 북적북적 줄 서 있는 가게인데 아직 오전이라 행렬이 없어 바로 들어갔다. 운 좋다.

이곳에 들어온 건 처음. 친구가 항상 여기서 먹는다고 해서 기회를 엿보고 있었다.

진다이지맥주와 모둠튀김 메밀국수를 주문.

어때요? 부럽지요?

진다이지맥주는 작은 병으로. 잔에 따르니 필젠 맥주다. 진다이지온천처럼 갈색이다. 벌컥벌컥 단숨에 비웠다.

맛있다. 온천을 끝낸 직후가 아니라서 여유를 갖고 맥주를 마실 수 있다.

빈 잔에 맥주를 따른다. 이번에는 천천히 마신다. 향이 좋고 살짝 달달한 게 맛있다.

낮에 마시는 맥주는 어쩜 이렇게 맛있나 몰라.

초록도 눈부신 한낮이다.

친구가 항상 오는 이유를 알겠다. 메밀국수가 맛있다. 탄성 좋은 가는 면에 메밀가루 향도 구수해서 단번에 마음을 빼앗겼다. '저희 가게는 수타로 만듭니다' 하는 식의 젠체하는 느낌이 전혀 안 난다.

튀김도 지극히 서민적. 작은 채소튀김 몇 개와 작은 새우가 어깨를 맞대듯 그릇에 올려져 있는 모습이 정겨워서 미소가 지어진다. 1,350엔이 안 비싸게 느껴졌다.

마시고 먹고 만족하며 가게를 나왔다. 조금 걸어서 버스 정류장으로 향한다. 금방 더워져서 땀을 조금 흘렸다.

그래도 돌아가는 길은 버스입니다. 무슨 그런 말씀을. 택시 타고 돌아갈 리가 있겠습니까. 그리고 택시 타고 간 것도 오늘뿐이라고요. 약삭빠른 기분을 내려는 생각에 그만.

이거 원, 말을 할수록 괜한 의심만 더 사는 기분이다. 여기서 끝.

제8화
하나코가네이 온천과
아이스크림

집에서부터 걸어서 온천에 갔다.

그런 곳에 온천이 있는 줄은 최근까지 몰랐다.

뭐, 이 온천 자체가 최근에 생겼지만.

'목욕의 왕'이란다. 이번에 가는 건 두 번째.

개인적으로는 이름이 좀 별로지만, 도쿄 근교에 7개의 점포가 있는 이른바 대형 대중목욕탕이라는 놈이다.

바로 하나코가네이花小金井점. 이곳은 무려 원천 방류 형식의 천연 온천이다. ('목욕의 왕'은 이곳과 '시키志木점'뿐이다.)

미타카에서 하나코가네이까지는 비장의 자전거도로가 있다. 그래서 지난번에는 자전거를 타고 갔다.

집이 있는 미타카역의, 집과 반대쪽인 북쪽 출구에서 자전거로 20분.

가깝지요?

미타카역 북쪽 출구에서 북상해 이노카시라거리에 이르면 왼쪽으로 꺾는다. 그대로 한참 가면 세키마치5가 교차로를 만난다. 거기서 이노카시라거리는 살짝 왼쪽으로 휘어져 이어지는데 휘어지지 않은 직선 방향에 좁은 길이 보인다. 그곳이 '다마호多摩湖 자전거도로'의 기점이다. 미타카역에서 자전거로 약 10분.

여기서부터 다마호까지는 자로 선을 그은 듯 일직선으로 약 10.5킬로미터, 자전거와 보행자 전용도로로 연결되어 있다. 이 길로 곧장 가면 된다. 차도 없고 신호도 거의 없다. 그곳을 10분 정도 달리면 벌써 온천 도착이다.

꿈같지요?

다만 자전거로 가는 경우 자전거로 돌아와야 한다. 지난번에는 한여름의 최절정 무더위여서 가는 동안 이미 옷이 다 젖었다. 올 때도 마찬가지.

에이 옷 갈아입었는데.

그래서 맥주를 마시고 말았다.

더구나 그날은 사무실로 직행해야 해서 미타카에서 기치조지까지도 자전거를 몰고 가야 했다. 기껏 온천 가서 땀 빼고 옷도 갈아입었는데 돌아가는 길에 또다시 땀이 줄줄. 온천 기분도 엉망이 된 채로 일을 해야 했다.

그래서 이번에는 걸어갔다가 버스와 전차로 돌아오기로 했다.

걷는 건 하나도 안 괴롭다. 몇 시간을 걸으면 피곤함이야 당연히 몰려온다. 그래도 고통스럽지 않다.

걷는 게 좋다.

이번에는 목적지까지의 여정과 거리감을 알고 있으니 여유롭게 즐길 수 있다. 게다가 무더운 여름도 겨우 물러갔다. 걷기에 기분 좋은 계절이 왔다.

생각만 해도 좋지 않은가, 느긋하게 걸어서 온천을 다녀오고.

평일. 또다시 오전부터. 약삭빠르게.

다마호 자전거도로는 초등학생 때부터 알던 길이다. 동네에 있다 보니 누군가가 발견하고서 모두에게 알려주었다. 이 도로를 이용해 고가네이공원에 자주 놀러 갔었다.

도로 양쪽으로 나무늘이 우거져 외부와 부드럽게 격리된

그 길. 그게 어쩐지 비밀스러운 샛길 같아서 설레었다.

초등학교 5학년인가 6학년 무렵 무슨 영문인지 같은 반 남녀들의 사이가 좋았던 시기가 있었는데, 그때 다 같이 자전거로 고가네이공원에 갔다. 가서 뭘 했는지는 전혀 기억나지 않는다. 고가네이공원도 지금만큼 정비가 안 되어 있었다.

현재 공원 내에 있는 '에도 도쿄 건축박물관'의 방문자 센터에 '무사시노 향토관'이라는 것이 떡하니 세워져 있던 정도만 기억난다. 수혈식 주거(움집)를 복원해 놓은 것이 있었지 아마.

그 당시 우리가 무얼 하고 놀았더라?

게임도 휴대폰도 없던 시절.

여자아이들도 있었는데 말이지.

맞다.

가위바위보에서 진 사람이 인원수에 맞춰 뭔가를 가져오기 같은 걸 했는데, 내가 가위바위보에서 지는 바람에 자갈길을 전속력으로 달렸었다. 그런데 뒤에서 보고 있던 류이치의 웃음소리가 들려왔다.

"완전 느려~!"

그 말에 갑자기 힘이 빠지고 얼굴이 달아올랐다.

그래, 그런 일이 분명 있었다.

류이치, 발이 빨랐었지. 류이치 주변에는 여자아이들도 있었다.

"완전 느려~!"

이 소리에 다들 웃어댔다.

그렇다. 당시, 그날 이후 그때 일을 떠올릴 때마다 이불을 뒤집어쓰고 소리를 질렀었다.

그 많은 애들 앞에서 웃음을 사던 전력 질주하는 내 모습이 무진장 부끄러웠다. 비참했다.

지금 보니 류이치가 심했네.

확실히 나는 발이 느렸다. 고백하자면 체육을 못했다.

당시에는 체육을 잘하는 남자아이가 반의 중심이었다.

체육을 못하는 남자아이에게는 발언권이 별로 없었달까, 조용히 입을 다물어야 했다. 프로 야구의 2군 같은 느낌.

더구나 나는 이른바 늦된 아이였다.

5학년이어도 같은 반 남녀 사이에 연애 감정이나 어떠한 교류가 분명 있었을 거다. 고가네이공원에 갔을 때도 마찬가지로.

중학교에서 농구부에 들어간 덕분에 운동이 늘어서 중학

교 2학년이 되어서야 겨우 다른 애들의 키를 따라잡은 기분이 든다.

뭐랄까 이렇게 멀리서 보니 애처로운 나 자신.

아, 다마호 자전거도로의 추억이 이상한 기억을 끄집어냈다.

이번에는 걸어서 가니까 미타카역에서 다마호 자전거도로로 들어가기 전까지 코스를 조금 바꿔봤다.

먼저 역의 북쪽 출구로 나와 왼쪽에 바로 보이는 다마강玉川 하천을 따라 걷는다. 그리고 정수장 직전에 오른쪽으로 꺾어 이노카시라거리로 나간다. 하천을 따라 자연 산책 길이 나 있다.

다시 말해 이 코스로 가면 이노카시라거리의 포장길을 걷는 수백 미터를 제외하고, 미타카역에서 온천까지 계속해서 초록빛 산책길을 걸을 수 있다. 그야말로 미타카에 사는 나를 위한 온천 산책 코스가 아닌가.

다마강 하천은 양쪽으로 큰 나무들이 쭉 우거져 있다. 그리고 그 우거진 강기슭 옆으로 난 산책 길은 사람만 걸을 수 있는 폭이 좁은 흙길이다. 자전거도 무리.

차도보다 50센티미터 정도 높아서 안도감과 더불어 기분이 좋다.

높은 곳은 왜 기분이 좋을까.

바보니까! 지금 여러분이 한목소리로 외치는 소리가 들린다. 바보라서 다행이다.

머리 좋은 여러분 머리 쓰신다고 고생이 많습니다. 나는 그런 거 몰라.

태세 전환.

다마강 하천을 따라 심긴 벚나무를 중심으로 한 고목들. 그리고 그 아래 담장 안쪽의, 하천 주변에 어지럽게 나 있는 초목의 분위기가 좋다.

내 생각에는 소설가 구니키다 돗포(나와 생일이 같다)가 쓴 『무사시노』의 분위기가 소소하게나마 짙게 남아 있는 것 같다.

착각이려나.

상관없다. 멋대로 생각하련다.

미타카 주변에도 이제는 흙길이 거의 없다. 걱정스러운 마음이 앞선다.

처음 비행기에서 낮의 도쿄를 봤을 때 '부스럼 딱지'같았다. 잿빛의 부스럼 딱지가 지면을 끝없이 뒤덮고 있는 것처럼 보였다.

하천을 따라 난 길은 겨우 한 명 지나갈 정도로 좁아졌다
가 조금 넓어졌다가 한다. 일정하지 않은 것이 역시 본래의
흙길다워 좋다. 이따금 두꺼운 나무뿌리가 나와 있어 발부
리를 조심해야 한다.

여름에는 걷고 있는 정강이에 닿을 만큼 양쪽으로 잡초
가 무성하다.

여름의 한낮은 매미 울음소리, 가을의 밤은 귀뚜라미들
의 다종 혼성 합창이다.

이 길을 다치가와多川 방향까지 계속해서 걸은 적도 있다.

평일 오전, 가을의 상쾌한 공기 속, 초록길, 흙길을 종종
걸음 쳤다가 터벅터벅, 총총걸음을 했다가 느릿느릿, 그렇
게 걸어서 온천에 가고 있으니 약삭빠른 거지 뭐.

괜찮나 마감은. 제작은. 계획은. 작곡은. 연습은.

이미 걷기 시작해버려서 어쩔 수 없다. 이것저것 잡생각
을 하며 나아가는 것이 보행이다.

자전거로는 이렇게 못 간다. 자전거도 기분은 좋으나, 멈
추면 옆으로 넘어지는 이륜 인력거를 쉴 새 없이 핸들과 브
레이크와 페달을 조작하며 운행해야 한다.

걷는 건 많은 것에서 해방된다. 목적지 없이 까닭 없이 걷는 산책은 더욱 자유롭다. 옛 위인들도 자주 산책하면서 사색을 했다고 한다.

베토벤의 소위 '전원 교향곡'은 전원을 이미지화한 곡이 아니라 베토벤이 전원을 걷다가 떠올린 곡이라는 에피소드 때문에 대중들에게 그렇게 불리다가 굳어진 모양이다. 나는 이 이야기가 마음에 든다.

그런데 '전원 교향곡'이라고 하면 그 곡은 확실히 전원을 나타내는 느낌이 들어 머리에 풍경이 떠올라 가슴이 웅장해진다.

더욱 유명한 '운명'도 마찬가지다. 처음의 '자자자장'이 무엇을 의미하냐는 물음에 베토벤의 남동생인지 누군가가 "이런 식으로 운명은 문을 두드린다"고 대답한 에피소드로 인해 일반적으로 그렇게 불리게 된 듯하다. 베토벤에게는 어디까지나 '심포니 NO.5'일 뿐이다.

그러나 확실히 '운명'이라고 하면 아, 운명인가. 과연 심각하고 무겁고 깊은 느낌이구나, 하면서 수긍하게 된다.

뭐, 듣는 쪽의 속 편안함. 방자함. 경박함.

당시의 클래식은 정말로 단순한 음악이었을 뿐 풍경이니

특정한 감정을 표현하려고 하지는 않았던 것 같다.

피카소의 그림도 원래는 제목이 없었다고 한다. '우는 여인'도 '아비뇽의 여인들'도 사람들이 이해하기 쉽도록 화상이 붙인 것이라고 한다.

피카소는 끝까지 단순하고 새로운 회화 표현을 모색해왔다. 그 통과 지점에 방대한 작품이 남아 있다. 하지만 그 그림을 보는 쪽은 즉각 그림의 의미를 찾는다. 그래서 제목이 없으면 불안해한다.

이건 뭘 표현하는 거지?

작가는 무슨 말이 하고 싶은 거야?

피카소는 삶 자체가 산책이지 않았을까.

회화를 산책의 유실물이라고 생각하면 제목이 없는 것에도 수긍이 간다. 그저 마음이 이끄는 곳으로 산책하며 갔던 것이다. 샛길로 벗어나 즐겁게 딴짓을 하다가 변덕스레 발길을 되돌린다. 산책에 목적이나 의미가 있다면 그건 산책이 아니다.

예술가는 취지를 요구하는 질문에 그럴싸한 의도를 대답할 때도 있겠지. 하지만 대부분은 별생각 없지 않을까. 천재가 마음이 자유로울 때, 본인조차 의도하지 않았을 때 탄생한 아름다운 작품이 걸작이 아닐까.

어느새 이노카시라거리를 따라 난 정수장 북쪽을 걷고 있다.

초등학생 때 이 정수장의 모래는 아이들의 동경이었다. 당시에는 거의 모든 집에 금붕어를 길렀었다. 수조 바닥에는 펫숍에서 파는 자갈을 깐다. 그런데 누군가가 어딘가에서 가져온 정수장의 흰 모래를 수조 바닥에 깔았다. 그게 굉장히 예뻤다.

빈약하고 작은 수조 속이 투명한 바닷속이 되었다. 그 위를 헤엄치는 금붕어까지 팔랑거리는 열대어처럼 보였다. 다들 넋을 잃고 그 수조를 바라보았다. 따라 해보겠다고 모래밭의 모래를 넣었더니 물이 순식간에 새까매졌다. 그래서 모래를 꺼내고서 몇 번이나 물을 바꿔가며 씻어냈으나 아무리 시간이 흘러도 탁해진 갈색 물은 원래대로 돌아오지 않았다.

정수장의 흰 모래는 물에 바로 넣어도 전혀 탁해지지 않는다. 당연하다. 저수지 물을 식수로 여과하는 일환으로 이용되는 모래다.

우리는 그 모래를 손에 넣을 방법을 궁리하며 정수장 주변을 자전거로 서성거렸다. 정수장 울타리 틈으로 수북이 쌓인 흰 모래 산이 보였다.

그러나 당연히 정수장에 외부인이 들어가는 일은 절대로 허가되지 않는다. 도민의 식수다. 이물질이 들어갔다가는 큰 사고다.

무모하게도 몇 번인가 침입을 시도한 친구들이 있었으나 경비원에게 발각되어 엄청나게 야단을 맞은 듯하다.

이번에 울타리 너머로 정수장을 엿보니 흰 모래 산은 없었다. 정수 방법도 시대와 함께 바뀐 모양이다.

이런 생각을 하는 사이 발은 다마호 저전거도로에 진입했다.

예전보다 깔끔하게 정비되어 있고 아스팔트 도로가 오르내리는 2차선으로 나뉘어 있다. 사람도 걸을 수 있어서 '보행자에 주의'라는 표시가 도로 곳곳에 적혀 있다.

그 옆으로 보행자를 위한 좁은 길이 나 있고 그 사이에는 식물이 심겨 있다. 하지만 자전거 전용도로 쪽이 걷기 좋아서 둘 다 이용하는 사람도 있다.

나도 양쪽을 걸어보았다. 양쪽 모두 계속해서 나무 그늘이 져 있어 기분이 좋다.

복잡한 모양의 헬멧에 선글라스와 장갑을 착용하고 몸에 딱 맞는 옷차림으로 얇은 타이어 자전거를 탄 본격적인 사람도 있고 바구니에 장바구니를 담은 바구니 자전거를 탄 사람도 있다.

산책 중인 사람도 있고 조깅 중인 사람도 있다. 장을 보고 돌아가는 사람도 있고 교복을 입은 학생도 있다. (이 시간에.)

개를 산책시키는 사람도 있었다. 그래도 아직 오전이라 휑하다.

수풀의 잡초를 뽑고 있는 작업복 차림의 사람들이 있었다. 이렇게 매일 정비하고 있는 사람들 덕분에 이 쾌적한 초록길이 유지되고 있다.

오른쪽으로 밭이 보였다. 전에는 밭이 가득했던 인상인데 상당 부분 주택지로 바뀌어 있었다. 어쩔 수 없는 일이지 싶으면서도 역시 안타깝다.

밭이 있는 곳에는 갓길에 무인 채소판매장이 있었다. 모로헤이야 200엔.

살까, 일순 망설였으나 짐이 되니 관둔다.

한참 가면 오른쪽에 자전거 통행금지의 좁은 언덕길이 나타난다. 전에 자전거로 왔을 때 이곳을 걷고 싶었다. 당연히 길로 들어선다.

여기는 왜 이렇게 되어 있지, 아마도 상수도와 연관이 있을 텐데, 길이 점점 높아지면서 왼쪽의 자전거도로와 오른쪽의 집들이 점점 눈 아래로 내려다보이며, 3층 건물 정도 높이의 좁은 산책길이 된다. 양옆은 가파른 풀 둑이다.

곧고 평평한 산등성이를 걷고 있는 모양새다. 이런 길은 흔치 않다. 참으로 기분이 좋다. 바보니까.

나무들이 눈 아래에 있어 한여름에는 직사광선이 버겁겠다.

아무도 없다. 바쁜 사람은 굳이 이곳을 안 찾겠지.

길지 않은 길이지만, 이곳을 걸었던 일이 오늘 가장 즐거웠다.

내려가서 조금만 가면 자전거도로는 차도와 X자로 교차한다. 바로 거기에 '목욕의 왕 하나코가네이점'이 있다.

미타카역에서 딱 1시간 정도였다. 셔츠에 살짝 땀이 배었다. 가벼운 피로감도 있다. 얼른 온천하고 땀을 씻어 내고 옷을 갈아입어야겠다.

이런, 붐벼서 깜짝 놀랐다. 평일 오전임에도 목욕의 왕은 손님으로 꽉 찼다.

더구나 시간이 남아돌아 주체가 안 되는 노인들만 있는

게 아니다. 젊은 남녀도 많다. 그런데 남녀가 커플로 왔다기보다는 남남, 여여의 동성 친구들 무리가 많다.

실내에 온화한 활기가 느껴져 '여기, (장사) 잘 되네' 하는 감이 바로 왔다.

전에 왔을 때도 붐비긴 했으나 그땐 확실히 추석 무렵의 저녁이었다.

카운터에서 직원과 손님의 대화를 들으니 주차장은 120대가 들어올 수 있는데 주말이면 다 찬다고 한다. 굉장하네.

그래도 확실히 시설이 잘돼 있다. 실내 탕, 노천탕, 각기 다양한 탕이 있고 사우나도 크다.

평일은 성인 800엔. 수건 세트 200엔. 비누와 샴푸는 안에 있다. 실내복 200엔. 이걸 빌리면 종일 들락날락하기 편하겠지.

그리고 별도 요금을 받는 암반욕도 네 종류나 있는데 널찍한 크기가 자랑거리인 듯하다.

냉큼 옷을 벗고 욕탕 안으로 들어가니 붐비고 있기는 해도 넓은 시설이라 세면대 쪽은 여유롭게 앉을 수 있었다.

몸을 깨끗이 씻고 머리도 감은 다음 바로 노천탕으로 풍덩 뛰어든다.

하늘이 가을이다. 적란운은 어디에도 없다. 대신에 새털 구름이 푸른 하늘에 슈슈슈, 하얗게 그려져 있다.

탕의 물은 단풍색으로 투명감이 있고 냄새가 없다.

전에 왔을 때는 흰 탕과 누워서 즐기는 와식 탕에도 들어 갔다. 한 명밖에 못 들어가는 '항아리탕'은 인기가 많아 세 개가 늘 만석이었는데, 넓은 목욕탕에 와서 대체 왜 그런 곳 에 굳이 들어가고 싶어 하는지. 문어 같군.

'산호한증막'도 재미있었다. 결국 어디가 산호인지 알 수 없었으나, 스팀 사우나. 입구의 큰 병에 소금이 가득 들어 있다. 다들 그것을 양손에 수북이 올리고서 앉은 다음 전신 에 마구 문지르고 있다.

나도 따라 해봤다. 거슬거슬한데 딱히 기분이 좋지도 나 쁘지도 않다. 엄청난 소금양이다. 아까운 마음도 든다. 양배 추에 소금을 뿌리면 물이 나오는 것처럼 그것을 문댄다고 몸에서 땀이 나오지는 않았다.

그래도 처음이라 어쩐지 흙장난 같아서 재미있었다. 하 지만 소금 낭비라는 생각을 지울 수 없다. 없애지는 않았으 면 해서 비판은 안 한다만.

이번에는 큰 노천탕만으로 충분하다. 여유롭다.

야외에서 유독 이상했던 것은 '벌러덩탕'. 머리 방향에서 물이 천천히 흘러나오고 있는 바닥에 벌러덩 드러눕는다. 물이 고이지 않아 등부터 발에 이르는 몸의 뒷면에만 물이 닿는다. '물로 된 요'라고 적혀 있는 설명이 희한했다.

제법 인기가 있어 여덟 명 정도가 나란히 드러누워 있다. 대부분은 고간에 수건을 올려놓았다. 시장에 진열해놓은 생선들 같다. 시꺼먼 놈이며 허옇고 쭈글쭈글한 놈도 있다. 전신이 털북숭이, 전신이 매끈매끈, 머리까지 매끈매끈한 놈도 있다.

모두 꿈틀거림도 없이 눈을 감고 있으나 아직 살아 있다. 아타카와 바나나 악어 농장의 악어 같기도 하다. 그놈들도 정말 안 움직인다.

가끔 얼굴에 수건을 올리고서 국부를 다 내놓고 있는 사람도 있다. 눈에 띈다. 거시기가 옆으로 축 처져 있어 어쩐지 맥이 없다. 전의를 상실했다.

여탕의 벌러덩탕은 어떤 상태려나. 흥미가 살짝 일지만, 음흉한 의미로는 조금도 보고 싶지 않다.

이날은 두 번 정도 탕에 들어갔다가 대략 1시간 만에 끝냈다. 암반욕에도 흥미가 생겼으나 장기전이 될 것 같아서 관뒀다.

옷을 갈아입고 나오니 실내 식당이 만원이라 놀랐다. 사람들이 줄까지 서서 기다린다. 메밀 100퍼센트의 주와리소바 메뉴 등이 적혀 있는 걸로 봐서 그럭저럭 맛있는 식당인 모양이다.

그러나 줄을 서면서까지 먹을 마음은 요만큼도 없다. 신발을 신고 나온 곳에 아이스크림 자동판매기가 있었다.

미리 말해두지만 나는 혼자서 아이스크림을 안 먹는다. 그런데 오늘은 웬일로 먹고 싶어져서 민트초코 아이스크림을 샀다.

하나코가네이역까지는 도보로 약 10분이다. 다시 다마호 자전거도로로 들어가 아이스크림을 핥으며 걸었다. 온천을 끝내고 먹는 아이스크림이 차갑고 달아서 반가웠다.

초등학교 시절의 여름에는 아이스크림을 자주 먹었다. 하지만 민트초코 같은 그런 세련된 아이스크림은 없었다.

"완전 느려~"

웃음을 사던 내 모습이 떠올랐다. 그때나 지금이나. 나이를 먹어도 변한 게 없다.

류이치, 어디서 뭘 하고 살고 있으려나. 옆에서 웃어대던 여자아이들도.

너희들 덕분에 이 글을 썼다.

땡큐.

제9화
도고시긴자온천과
오리 크레송

도고시긴자온천에 갔다.

고탄다五反田에서 이케가미池上선을 타고 두 번째 역.

일이 쌓여 바쁜 시기였는데 이 연재를 위해 특별히 시간을 내어 갔다.

그다지 약삭빠른 동기는 아니다. 약삭빠름을 어떻게 끌어올리지.

이런 생각을 하면서 시계를 보고 일을 멈춘 다음 부리나케 온천으로 향하고 있는 모습에서 이미 약삭빠른 움직임이 느껴진다만.

그렇다고 해도 이번에는 확실히 시작이 늦다. 도고시긴

자ﾄ越銀座역에 도착한 시각은 밤 8시. 보통 목욕할 시간이다. 어쩐지 평소와 상태가 다르다.

한 10년 전 이 온천에 온 적이 있다. 도고시긴자라는 곳을 걸어보자 싶어 이유 없이 왔었다. 긴 상점가를 끝에서 끝까지 걸었더니 피로했다. 그래서 역 근처에 발견한 '나카탕 ﾄの湯'이라는 이름의 목욕탕에 들렀다가 돌아왔었다.

아니, 그냥 돌아오지 않았다. 목욕탕 근처 술집에서 데운 술을 마시고 돌아왔다. 목욕탕을 나오는데 눈이 흩날리고 있었다. 달아오른 얼굴로 함박눈이 내렸다.

이건 뭐, 여기서 마시고 가라는 계시다. 용기를 내어 작고 낡은 술집의 포렴을 걸었다.

그래 그랬지, 기억이 났다.

처음에는 잠자코 마시고 있다가 술기운이 오르자 조금씩 주인과 이야기를 나누기 시작했다. 카운터석만 있는 작은 가게로 주인 혼자 하고 있었다. 처음에는 손님이 없었는데 주인과 이야기를 나누기 시작한 후에 한 명이었나 두 명이었나, 누군가가 들어왔다.

흰 술병에 데운 술. 아니, 이건 불확실한 기억. 잿빛이었을지도.

안주는 뭘 주문했더라. 구운 정어리포였던 것 같다.

모르는 가게라 가볍게 긴장하며 마셔서 과음은 안 했다.

술집을 나오니 눈이 본격적으로 내리고 있었다. 전차로 기치조지에 도착했을 땐 눈이 몇 센티미터 쌓여 있어 가슴이 두근댔다.

한 잔 더 했다. 이건 쓸데없는 술.

뭐 어때, 눈도 오는데.

그런데 다음 날 날이 활짝 개어 있고 별로 안 쌓인 눈은 이미 녹고 있었다. 나가는데 눈석임물이 도로 옆 배수구로 떨어지는 소리가 났다.

이런 기억이 남아 있다. 이 기억은 무엇이 되려나.

나는 좋은 이야기로 여긴다. 낯선 거리를 산책하러 나갔다가 피곤해서 그 동네 목욕탕에 들렀고, 목욕탕에서 나오니 갑작스레 내리는 눈. 설경을 즐기며 술을 마시고 돌아왔는데 다음 날 아침, 날이 개었다.

역시 기억해두길 잘했다. 좋은 기억을 돈으로 바꿀 수는 없지만, 결국 그 사람의 재산이다.

사람은 기억으로 살아간다. 사람은 무의식적으로 눈앞의 현실과 과거의 기억을 비춰가면서 무언가를 느끼고 사랑하고 미워하며 방황한다.

좋은 기억을 하나라도 갖고 있다면 그것은 분명 어두운 길을 비추는 등불이 되리라. 죽을 땐 빈손이라지만 눈에 보이지 않는 기억을 한 아름 안고서 이 세상에서 사라진다.

지도를 살펴봤으나 '나카탕'은 없었다. 시대의 파도에 휩쓸려 이곳도 사라졌나보군. 그런데 나카탕이 있었다고 생각되는 장소보다 역에서 조금 떨어진 곳에 '도고시긴자온천'이라는 게 있다. 전에도 이런 곳이 있었던가.

인터넷으로 검색해보니 '도고시긴자온천'이 2007년 온천을 파서 리뉴얼 오픈한 바로 그 '나카탕'이어서 놀랐다. 장소도 같은 곳, 나카탕의 장소는 내 기억 착각. 뭐야, 나를 못 믿겠군.

어쨌거나 역에서 도보 5분 정도면 도착.

분명 완만한 언덕길의 오른쪽에 있었던 것 같은데, 기억을 더듬으며 도고시긴자거리의 모퉁이를 돌자 정말로 언덕길이 나왔고 오른쪽에 바로 저곳임이 느껴지는 커다란 사각형의 새 건물이 있었다.

흰 동그라미 안에 붉은 글자로 '도ᵲ', 붉은 동그라미 안에 흰 글자로 '♨'. 그게 눈사람처럼 포개어진 마크가 귀엽다.

아주 현대적인 디자인. 시티 호텔에라도 들어가는 듯한

자동 유리문으로 들어가니 오래된 신발장이 있고 나무판 열쇠가 달려 있었다. 레트로와 모던을 의식적으로 섞어 놨다.

자판기에서 입장권(일반 목욕탕 요금인 450엔. 수건과 비누, 샴푸가 포함된 빈손 세트 100엔)을 사서 프런트에 건넨다.

욕탕은 계단을 올라간 2층에 있다. 이건 조금 새롭다. 어쩐지 료칸의 대욕장으로 가는 감각.

여기서 남녀가 각각 '달'과 '해'로 탕이 나뉜다. 내부가 다르며 날마다 남탕과 여탕이 교대로 바뀐다고 한다.

이날은 남탕이 '해'였다.

아기용 침대도 놓여 있고 굉장히 청결하고 근대적인 인상이다.

재빨리 벌거숭이로 변신해 욕탕으로 들어간다.

역시 인기 있는 곳인지 아이를 데리고 오는 사람도 있고 손님의 연령층도 폭넓어 북적인다.

다만 새 건물에 청결한데도 이상하게 어지러운 인상이 있다. 이유를 바로 알았다.

목욕탕에서는 모름지기 사용한 대야나 의자는 입구 옆 제자리에 갖다 놓는다. 이건 불문율이다. 그런데 이곳은 두는 곳이 따로 없는 건지, 플라스틱 의자가 널려 있다. 사용하지 않은 의자가 엉망으로 널브러져 있어서 어지럽게 보인 것이다.

이제 보니 목욕탕에는 '사용하면 제자리에 갖다 놓는다'는 이 당연한 행위를 누가 말하지 않아도 다들 알아서 척척하는 상쾌함이 존재하고 있었군.

목욕탕 세면대에는 자리에 앉았던 손님이 나가면 의자도 대야도 없다. 청결한 타일 바닥만이 있을 뿐, 그 외에 아무것도 놓여 있지 않다.

그 특별한 상쾌함. 본디 청결을 좋아하는 일본인의 장점이 가장 잘 나타난다.

카운터에서 산 비누 포장지나 다 쓰고 버린 샴푸 팩, 칫솔은 모두 목욕탕 구석에 놓인 쓰레기통에 주도적으로 넣는다. 빠뜨린 것은 주인이 치우거나 다른 손님이 쓰레기통에 갖다 버린다. 쓰레기 제로. 사용 흔적 제로. 별세계의 쾌적함.

목욕탕이 아니라 완전히 디즈니랜드구만. 오늘 처음으로 느꼈다.

실내 탕은 투명한 연수 탄산수. 노천탕이 천연 온천수.

'달' 쪽은 이것이 반대로 되어 있다고 한다. 재치 있다. 어느 탕에 들어가게 될지 매번 기대가 되겠다.

노천탕은 실내 탕에서 계단을 더 올라간 곳에 있다. 3층으로 된 이 건물 구조도 좀 새롭다.

아무튼 자리를 잡고 앉아 가볍게 몸을 씻는다. 아무리 헹궈도 수건이나 몸에 비눗기가 좀처럼 안 가시는 느낌이 드는 걸 보니 연수가 맞다. 세면대에서 나오는 물도 연수라는 말이다.

탕에 몸을 담그자 약간 미지근해서 피부에 닿는 감촉이 아주 부드럽다. 온몸으로 연수를 느낀다. 게다가 온도가 살짝 낮아서 들어간 순간 쿡쿡 쑤시지 않는다. 들어갔을 때 쿡쿡 쑤시는 뜨거운 물이 가끔 있다.

벽에 그려진 페인트 그림이 이상하다. 녹색의 요괴들이 노천탕에 들어가 술을 마시거나 악기를 연주하고 있다. 약간 기분 나쁜 그림. 노린 거겠지.

여탕 쪽은 전통적인 후지산 페인트 그림이다. 칸막이 너머로 보인다.

오호라, 이쪽이 모던이고 저쪽이 레트로인가.

그나저나 이 요괴 그림, 허공에 음표를 날리는 모습이 평범해서 유감.

몸을 데웠으니 알몸으로 계단을 올라가 노천탕으로. 원형 욕조에 예의 갈색 물이 가득 차 있다. 천장이 뚫려 있고 수십 센티미터마다 두꺼운 각목이 지붕을 받치고 있다. 매우 근대적인 건축.

몸을 담그자 약간 미지근하면서도 기분 좋다. 물속에서 왼팔을 문질러보니 매끈한 감촉. 온천물임이 손바닥으로 느껴졌다. 그게 조금 기쁘다.

남자다운 남자라고 할 만한 다부진 몸의 남자가 세 명 들어와 있었다. 모두 말이 없다.

벽에 액정 텔레비전이 걸려 있다. 이것도 목욕탕치고는 새롭다. 이 또한 모던의 표현인가. 음.

필요 없다. 내게는 조금 쓸데없는 참견으로 보였다.

온천, 그것도 노천탕에 텔레비전이라, 방해다. 없어도 된다. 없는 게 낫다.

탕에 들어가서까지 정보는 필요 없다. 정보 정보 정보.

일본인에게 목욕탕은 단순히 몸을 씻고 데우는 장소가 아니다. 모체 회귀, 몸도 마음도 다시 태어나는 곳이다. 그런 순간에 별 볼 일 없는 버라이어티는 방해다. 스포츠도 드라마도 뉴스도 아이돌도 광고도 여행 방송도 먹방도, 그런 예고편(이때 이상하게 텔레비전에 이것만 나왔다)도, 전부 필요 없다! 내일 저 텔레비전 당장 버려라!

라고 말하고 싶어졌습니다.

그래도 물은 좋은 물이다.

텔레비전 때문에 불만스러워도 짜증내지 않는다. 목욕은 사람을 부드럽게 한다.

올려다보자 각목 사이의 검은 공간으로 별 하나가 반짝이고 있었다.

잠시 탕에서 나와 자리에 앉아 쉬엄쉬엄 머리를 감고 있는데 옆에 앉은, T자 면도칼로 턱수염을 밀고 있던 대머리 할아버지가.

그 T자 면도칼로 무려.

자신의 불알 뒤쪽을 깎기 시작했다.

아이쿠. 이런 사람 처음 봤다.

왼손으로 불알을 잡아 올려 거죽을 팽팽하게 당겨 주름을 펴고서는 면도크림을 살짝 묻혀 오른손에 들린 T자 면도칼로(아마 이중날이나 삼중날의 파란색 플라스틱 면도칼로), 등을 구부려 고개를 약간 기울인 상태로 자기 음모를 아주 정성스레 깎고 있었다.

앞쪽 털은 놔둔 채로. 뒤의 안쪽 털만 깎고 있다.

라고 생각했는데 성기 옆의 넓적다리 사이 주변도 깎기 시작했다. 양쪽 다.

비집고 나오나. 비키니를 입고 해변이라도 걸을 작정인가. 성인 아이돌이라도 하는 모양인가.

신기한 의미로 좋은 걸 봤다. 그런 생각을 하면서 한 번 더 노천탕에 가볍게 들어갔다가 몸을 닦고 욕탕에서 나왔다.

탈의실에 들어가니 그 사람이 있었다. 옷을 갈아입는 중이었다. 상의는 이미 칙칙한 녹갈색 나일론 셔츠를 걸치고 있었고 이제 아래쪽을 입을 순서였는데.

어라? 팬티를, 속옷인 팬티를, 안 입는다! 성기를 다 드러내놓은 채로. 노팬티 청바지!

기겁하겠다. 대체 왜. 아래가 안 허전한가. 그런 생각을 하는데.

보관함 구석에서 오렌지색의 작고 작은 나일론 팬티를, 아마도 여기에 오기 전까지는 입고 있었을 흐늘흐늘해진 비키니를 펼치더니 작게 말아 가방에 넣었다.

기가 막힌다. 저런 비키니라면 확실히 민감한 부위 손질이 필요하겠다. 그런데 누가 보냐고.

그는 바람막이를 걸치고 야구 모자 같은 캡을 쓰고 당당하다 해야 할지 느릿느릿한 걸음으로 나갔다.

이른바 한 명의 에로할배. 어쨌거나 활기차 보이는 연배의 신사를 봤다.

기분 좋게 즐기고 온천을 나오자 건너편에 서서 마시는 세련된 바가 보였는데 퇴근길에 들른 걸로 보이는 남녀 몇 명이 마시고 있었다.

외지인은 선뜻 들어가기 어려운 그 동네 특유의 분위기도 없고 묘하게 우쭐대지도 않아 마음에 들었으나 그대로 지나쳤다.

실은 역에서 올 때 10년 전에 들렀던 술집을 은근슬쩍 찾으면서 걸었는데 가게가 없어졌는지 이전했는지 못 찾았다. 눈에 띄는 술집도 없었다.

그래서 앞서 지나쳤던 바로 다시 왔다. 짐짓 자연스러운 척 안을 살피다가 카운터 안의 주인으로 보이는 여성과 눈이 마주쳤다. 들어오라는 손짓을 한다.

이렇게 되면 들어가는 수밖에.

쭈뼛거리며 유리문을 드드득 열었다. 손님 모두가 일제히 나를 쳐다본다. 처음 방문하는 술집에 들어갈 때는 이 일제히 바라보는 시선이 안면에 꽂히는 상황이 견딜 수 없이 싫다. 그런데 이곳은 그게 심하지 않았다.

"어서 오세요."

알랑거리지도 아첨하지도 않는 주인의 평온한 인사와 미소가 시선의 화살을 물리쳐주었다.

생맥주를 주문했다.

온천을 끝내고, 실은 탈의실에서 땀이 식을 때까지 태평하게 있다가 식사도 할 수 있는 1층 휴게실에서 쉬었었다. (여기에서도 음료나 간단한 식사를 할 수 있다.)

덕분에 생맥주가 맛있는 체온이 되어 있었다.

얼마 전 남이 알려줘서 알아차린 건데 목욕하자마자 냉수를 벌컥벌컥 마시면 그 이후에 들어간 가게에서 마시는 첫 맥주가 맛없다. 왜일까. 그래서 이제는 안 그런다. 커피우유는 괜찮다.

오토오시*는 렌틸콩과 초리소찜**.

이게 아주 맛있었다. 이 가게는 신뢰할 수 있겠군.

외국에도 오토오시라는 게 있으려나. 없을 것 같다. 희한

---

* 주문한 요리가 나오기 전에 나오는 간단한 음식으로 계산 시 비용을 지불해야 한다. 보통 자릿세의 의미를 갖는 곳이 많다.

** 초리소는 고추 등이 들어간 스페인산 반건조 소시지다.

한 관습, 오토오시.

맛없는 게 나오면 화가 난다. 주문하지도 않았는데. 돈까지 내는데.

오토오시는 주문할 때 말하면 거부할 수 있으나 그 말을 해야 하는 게 싫다. 그래도 이런 불합리한 관습이 있기에 맛있는 오토오시가 나오면 아주 좋은 가게라고 생각하게 된다. 좋은 건지 나쁜 건지.

처음 방문하는 가게에서도 맥주 첫 한 모금을 벌컥벌컥 들이켜고서 한숨 돌리고 나면 바로 담대해진다. 이것도 술 특유의 효과가 아닐지. 머뭇거려지는 가게에 용기 내어 들어가도 주스로는 담대해질 수 없다.

무심코 둘러보니 많은 사람이 와인을 마시고 있었다. 아무래도 스페인 와인이 중심인 듯하다. 스페인 와인, 전혀 모른다.

아니, 프랑스도 이탈리아도 일본도, 와인 이름도 맛도 전혀 기억을 못 하지만. 형편없는 맛만 아니면 어디의 뭐든 상관없다.

세 여성 무리. 이십 대에서 사십 대, 직장 동료 같다. 단골 느낌. 차분하게 마시고 있다.

그리고 혼자 온 육십 대쯤 돼 보이는 정장 차림의 남성. 퇴근길에 들른 모양이다. 이 사람도 단골이겠지. 목욕을 끝내고 온 것 같지는 않다.

열 명이 들어오면 꽉 차는 작은 가게다. 'Nekonohitai'라는 가게였다. 고양이 이마*라. 직구. 승부의 가게 명.

생긴 지 얼마 안 된 가게로 보인다. 그래도 기분 좋은 공기가 흐르고 있는 건 여주인의 인품 때문이겠지.

이왕 이렇게 된 거 와인으로 바꿀까 싶어 주인에게 말하자 약간의 대화가 오갔고 '벤타 모랄레스'라는 것을 내주었다.

그 '약간의 대화'가 뭐였는지는 전혀 기억이 안 난다.

어쨌거나 와인은 모르니까 뭐든 추천해주면 대충 무조건 맛있다 맛있다만 연발하면서 마시는 사나이입니다.

맛있는 붉은 와인이었다. 이상 끝.

어설픈 감상은 말하지 않는 게 나 자신을 위해 좋다.

마치 베토벤 교향곡 5번을 듣고 '뭐랄까, 역시 운명이구나 하는 느낌이 나네요. ……음, 뭔가 심오하고'와 같은 되지도 않는 소리를 하는 꼴사나운 모양새가 될 테니까.

---

* 손바닥만 하다, 땅이나 공간 따위가 매우 협소하다는 관용구로 쓰인다.

그래도 와인을 좋아하는 사람의 지적 즐거움 정도는 조금 알겠다.

마른안주로 '크레송훈제오리샐러드'를 주문했다. 이건 잘 안다. 나는 크레송샐러드를 아주 좋아한다. 크레송은 볶아도 맛있고 데쳐서 나물로 먹어도 맛있으나 샐러드를 제일 좋아한다.

훈제오리와 노란 파프리카가 여기저기 섞여 있다. 드레싱도 내가 좋아하는 투명한 소스에 노랗고 작은 알맹이들이 들어 있다. 이것 덕분에 맛이 확 살아서 뭔지 물어보자 알려준다.

"아, 이건 겨자씨 피클이에요."

갖고 싶다. 직접 용기를 보여줘서 눈으로 기억한다. 그냥 온전한 겨자 알갱이만 들어 있다. 보이면 사야지.

다음으로 '타리마 힐'이라는 것을 마셨다. 메모해놨다. 잊어버리니까.

그것과 300엔인 '일품 마른안주 안초비'를 주문했다.

뒤에 들어온 두 명의 여성이 무화과 상그리아를 주문했다.

무화과 상그리아. 이 가게에서는 날에 따라 계절 과일로 상그리아를 만들고 있다고 한다.

무화과와 와인과 그래뉴당과 그리고 뭐였더라, 브랜디를 조금 넣었던가. 무화과의 경우에는 담근 당일에 마실 수 있단다. 정말로 무화과가 많이 들어 있어 맛있어 보였으나 맛이 상상이 안 간다.

점점 술기운이 올라왔다. 주인은 이야기를 주도하는 방식도 능숙해서 옆에 앉은 직장인 여성들과 자연스레 대화를 나누게 되었다.

내가 기치조지에서 왔다는 얘기들을 줄줄 내뱉고 말았다. 그래도 전혀 싫지 않다. 억지로 단골의 대화에 말려든 느낌이 아니라 적절히 거리가 유지되고 있는 느낌이 편안했다.

사실 서서 마시는 가게는 어려워한다. 오래 서 있으면 발이 피로해서 가게에 들어가더라도 한두 잔 걸치고 마무리한 다음 다른 가게로 간다. 피곤해서 마시는 건데 왜 일어선 채로 마셔야 하나. 그런데 이곳은 희한하게 안 피곤했다.

세 번째로 마신 와인은 메모하는 걸 깜빡했다.

어느새 가게는 자리가 다 찼고 밖에서 마시고 있는 외국인 손님도 있었다.

이런 가게를 혼자 운영하다니 대단하군.

주인은 북적이고 바쁜 날에는 밤에 문을 닫고 나면 설거지를 그대로 놔둔 채 건너편 온천으로 가버린다고 한다. 그러고 나서 천천히 뒷정리를 한단다. 부럽네.

계산하고 일어나는데 손님이 선물 받은 거라면서 포도 세 알을 나누어주었다. 알이 크고 달며 좋은 향이 났다. 어느새 완연한 가을이다.

감사 인사를 하고 밖으로 나오니 이번에는 별 세 개가 반짝였다.

제10화
아자부코쿠비스이온천과
볶음국수

지금 이 글을 쓰고 있는 Mac 사전으로 '약삭빠른'을 찾아 보니, 자신의 이익을 위해 빈틈없이 행동하는 모습이라고 나와 있어 조금 웃고 말았다.

매번 그래왔었지.

하지만 그 '이익'이라는 게 금전적이 아니라 조금 더 육체적, 정신적 이익이라고 생각한다.

빈틈없이 온천에 가는 일은 벌이가 되지 않는다. 벌이는 안 되지만 확실히 빈틈없이 기분은 좋아진다.

조금 교활한 느낌, 조금 교활하게 온천에 몸을 담근다. 그게 또 배덕한 기분 좋음으로 이어진다.

'으히히히'의 느낌.

누군가에게 야단맞을 듯한 느낌.

남자아이가 어른의 눈을 속이고 라이터에 손대는 느낌.

여자아이가 엄마가 없는 틈에 경대에서 화장을 해보는 느낌.

조금 다른가.

여자아이라고 했지만, 우리 남자는 여탕을 모른다.

벽 한 장을 사이에 둔 여탕. 대부분은 벽 위가 뚫려 있어 천장 공간은 연결되어 있다. 소리도 들리고 물이 흐르는 소리도 난다. 그러나 그 안의 광경은 모른다.

남자가 전혀 모르는 세계가 벽 너머에 펼쳐지고 있다.

그녀들은 어떻게 온천을 즐길까, 몸을 씻을까.

남탕과 마찬가지로 틀림없이 노인이 많겠지.

남탕은 늙어감의 육체적 표현을 현실적으로 보여준다. 늙어감은 중력에 무릎 꿇어가는 것임을 목욕탕이나 온천에서 사람의 몸을 보고 절감한다.

먼저 처진다. 볼이 처진다. 눈꺼풀이 처진다. 눈 아래가 처진다. 엉덩이가 처진다. 피부가 피하지방과 함께 지구에게 잡아당겨지고 있다. 몸에 붙은 거죽과 살은 머지않아 모두 처지고 떨어져서 뼈만 남는다.

젊을 때는 육체의 탄력이 중력에 팽팽하게 맞선다. 그랬던 탄력이 갈수록 중력에 진다. 허리가 굽는 것도, 무릎이 쑤시는 것도 마찬가지다.

중년 남자는 먼저 90퍼센트는 배가 나온다. 물론 중성지방도 있겠으나, 이 역시 내장이 중력에 굴복해 전체적으로 몸 아래로 늘어지는 데서 비롯하는 게 아닐까. 나는 그렇게 보인다.

노인들의 모든 주름들이 아래로 아래로, 지면으로 지면으로, 땅속으로 땅속으로 내려가는 것처럼 보인다.

흙의 부름을 받고 있다. 사람이 죽어서 흙으로 돌아간다는 게 이런 건가. 아무리 예쁜 여성도, 아무리 관능적인 여자의 몸도 결국엔 늙어 주름의 흐름을 타고 흙으로 돌아간다.

자자, 이런 이야기는 이쯤에서 관두고.

이번에는 미나미아자부南麻布에 위치한 온천에 가보기로 했다.

아자부라고 하면 '아자부주반온천'이 유명했다. 몇 번 간

적이 있다. 건물 3층에 있었다. 휴식을 위한 객실이 있어 셀프서비스로 차도 마셨다. 맥주 등 마실 것도 주문할 수 있었다. 작은 무대도 있고 분명 노래방도 있었다. 이곳을 빌려 열었던 연회에 초대받은 적도 있다. 그러나 아쉽게도 2008년에 폐업했다.

아자부주반이라는 동네가 점점 세련된 이미지로 넘어가는 와중에도 변함없이 기존 주민의 생활감이 짙게 남은 서민적인 온천이었기에 굉장히 아쉬웠었다.

또한 니시아자부西麻布의 롯본기六本木거리를 따라 '롯본기 천연온천 Zaboo'라는 온천 시설이 2006년에 생겼다.

롯본기거리를 끼고서 롯본기힐즈 맞은편. 천연 온천으로 노천탕도 있고 사우나와 암반욕도 있었으며 캡슐 같은 침대에 숙박도 할 수 있었다. 그런데 입장료 4,000엔, 장난하나 싶었는데 2008년 1월에 이미 폐업. 총 공사비가 100억엔이었다고 한다. 전혀 아쉽지 않다.

온천을, 목욕탕을, 그 이용객을 깔봤다. 종업원들에게는 미안하지만, 솔직히 꼴좋다 싶었다. 니시아자부의 자부와 탕에 풍덩 들어가다 할 때의 풍덩*이라는 소리에서 착안해

---

* '자분'으로 발음한다.

만든, 영어 'Zaboo'라는 이름이 으스스했다.

으, 싫다. 낭비란 이런 걸 두고 하는 말이다.

그런 까닭에 미나미아자부에 있는 '다케탕竹の湯'으로 가
봤다.

이곳도 천연 온천이나 입장료 470엔인 목욕탕이다. 아,
마음이 놓인다. 아자부에 목욕탕이 남아 있어 기쁘다. 그러
나 좀처럼 안 오는 동네다. 올 일이 없는 동네다. 그래서 도
무지 '약삭빠른 느낌'이 안 난다.

그래도 아자부라고 하면 요새 도쿄에서도 손꼽히는 고급
스러운 동네. 그런 동네에 '원고를 위해서'라는 평계를 대며
굳이 온천목욕탕으로 나서는 모습이 직장인 눈에는 약삭빠
르게 보일지도 모르겠다.

다케탕은 고급 빌라 1층에 자리를 잡은 현대적인 목욕탕
이다. 입구에는 '아자부코쿠비스이온천'이라는 노란 간판
이 있다.

아자부코쿠비스이*麻布黒美水. 온천물에 이름이 붙여져 있

---

* 아자부에서 나오는 흑갈색의 온천물이 피부를 매끈하게 한다는 고객의 의견으로 붙
여진 이름이다.

다. 약간 브랜드화되어 있다.

프런트 형식의 카운터에서 돈을 내고 안으로 들어간다. 그리 넓지 않은 탈의실에서 체조 중인 할아버지가 있다. 가볍게 점프도 하고 있다. 벌거벗었다. 다리 사이의 국부가 위아래로 퐁퐁 흔들린다. 목욕탕에서 뛰는 남자는 처음 만났다.

재빨리 옷을 벗고 욕탕으로.

오, 검은 물이다. 사우나 밖의 냉탕도 검다. 차가운 아자부코쿠비스이. 냉탕까지 온천물인 건 처음이려나. 몸을 씻으려고 튼 수도꼭지에서도 약간 갈색. 조금 기쁘다.

몸을 씻는 물도 아자부코쿠비스이. 철저하군.

수건이 살짝 갈색이다. 이건 그냥 색이 바랜 건가.

물에 몸을 담그자 온도가 좋다. 뜨겁지도 미지근하지도 않다. 참으로 기분 좋은 적당함.

오른 손바닥으로 왼쪽 팔을 문질러보니 벌써 매끄러운 감촉. 정말로 피부 미용 효과가 있는 듯한 첫인상. 이 말에 여성들은 더더욱 이곳을 찾겠지.

검은 물은 손으로 떠보니 우롱차 같은 느낌으로 탁하지는 않다.

지금 이 원고를 쓰기 위해 살짝 검색해보니 '다케탕'의 홈페이지가 나왔다. 아자부코쿠비스이에 관한 설명이 나와 있다.

'이유는 태고의 식물이 변화한 물질(이탄)이나 해저의 흙과 화산재 등이 지하수에 녹아 나왔기 때문입니다.'

음. 설명치고는 상당히 대충 쓴 느낌이나 그럭저럭 효과가 있을 것 같은 기분이 드는 건 현대인이 '과학'이라는 종교에 얽매여 있기 때문이겠지.

'과학적으로 증명되었습니다.'

이런 문구가 절대성을 지니고서 세상의 중심에 버젓이 통용되어 사람들을 무릎 꿇게 만든다.

이런 걸 조심해야 한다.

과학은 우리의 생활을 편리하고 쾌적하게 해주지만 '어떻게 살아야 인간은 행복해지는가?' 그런 건 조금도 가르쳐주지 않는다고 고故 고바야시 히데오 평론가 선생님도 말씀하셨다. 확실히 그렇다.

그러나,

'미네랄 풍부한 물이 피부에 스며듭니다.'

이런 문구에 여성은 약하다.

미네랄이 어떻게 피부를 깨끗하게 만드는지 상세한 정보

에는 관심이 없고,

"미네랄이 풍부하대!"

하면서 이미 눈이 반짝거린다. 미네랄이 뭔지 몰라도.

그런 의미에서 단순히 '온천'이라고 하기보다 '코쿠비스이黑美水'라고 불러주는 편이 여성의 마음에 몇 배나 더 와닿을 거다.

'코쿠비스이, 완전 달라!'

이런 기분으로 몸을 푹 담그면 확실히 온천 효과는 오른다. 결과가 좋다. 절대로 네이밍을 바보 취급해서는 안 된다. 뭐든 적극적으로 받아들이는 마음이 중요하다.

그나저나 정말로 기분 좋은 물이라 나는 서너 번을 들락날락하면서 1시간 가까이 목욕탕에 있었다. 목욕탕에 이렇게 오래 있어본 것도 처음이려나.

저녁 6시가 넘었는데도 손님이 꽤 있었다. 노인도 있고 중년도 있는데 젊은 사람은 없었다. 그래도 온천이 추레하지 않고 좁지만 현대적인 기분 좋은 목욕탕이다.

온천을 끝내고 차가운 커피 우유를 마셨다.

완전히 유유자적하고 말았다.

유유자적하다, 정말이지 느낌 좋은 말이다.

한편, 이참에 여탕이 조금 신경 쓰여서 담당 여성 편집자 다카하시 씨에게 다케탕에 가서 내부 풍경을 들려달라고 부탁했다. 다카하시 씨가 들려준 풍경에는 남탕보다 현저히 요즘 아자부 여성 주민의 특징이 나타나 있었다.

다카하시 씨가 보내준 레포트 문자를 읽어주겠다.

옆에 앉은 사람.

삼십 대 후반. 사우나에서 나오는 그녀를 흘끗 쳐다봤는데 샤넬 샤워젤(바디 워시)을 사용하고 있었다.

검색해보니 5,000엔 상당의 제품. 과연 아자부주반이라는 느낌.

하얗고 탱탱한 피부에 미인이지만 눈썹이 과거에 유행했던 것처럼 치켜 올라가 있어서 센스가 좋다고 인정하고 싶지 않은 느낌.

자세히 보니 Y형의 페이스 롤러도 갖고 있었다. 그것을 들고 사우나로 다시 들어가는 모습에서 대단한 열의가 엿보인다.

샤워젤. 치읏 들었다.

그것도 샤넬! 5,000엔! 집에서 쓰지 뭐하러, 싶었으나 이

건 역시나 아자부코쿠비스이와 비싼 샤워젤의 조합으로 높은 미용 효과를 기대하는 거겠지.

'센스가 좋다고 인정하고 싶지 않은 느낌'. 레포트에 자신도 모르게 사심이 들어갔다.

Y형의 페이스 롤러. 네네, 최근에 많이들 사용하지요. 안면을 대굴대굴.

그것을 들고 사우나. 확실히 열의에 차 있다. 다케탕에서 할 수 있는 미용술은 뭐든 하겠다는 패기로군. 목욕탕에 들고 가는 짐이 무거워지겠다.

육칠십 대의 할머니라 부르고 싶은 사람.

"그 샤워기 쓰기 불편하지요?"라며 내게 말을 걸어온 할머니.

탕에 몸을 담그고서 멍하니 있는데 그 할머니가 몸을 다 씻은 후 얼굴에 보습 크림을 바르고 있는 모습이 시야에 들어왔다. 검지 끝으로 정성스레 천천히.

아마도 피부 건조를 걱정하고 있을 것이다. 손놀림이 엄청 신중한데, 피부를 상처 내지 않으려고 하는 게 느껴진다. 하지만 별로 신경질적이지 않고 할머니의 이야기보따리 같은 안정감이랄지 온화함이 느껴져 가와카미 히로미*의 소설에 등장할 법한 인상. 상냥한 얼굴을 한 할머니여서 그런 모습도 사랑스럽게 느껴졌다.

고상한 할머니. 여성을 버리지 않았다. 나이를 먹어도 아자부 레이디.

'할머니의 이야기보따리 같은 안정감'이라는 얼토당토않은 표현에서 이상하게 노파의 분위기가 전해져오는 건 왜일까.

요컨대 고운 할머니란 뭘까.

남탕에도 가끔 '고운 할아버지'라고 표현하고 싶을 만한 사람이 있다.

할아버지라고 부르기보다 '고상한 할머니'라고 표현하고 싶어지는, 깔끔한 백발에 핑크색 피부가 보들보들한 노인도 있다. 결코 여장남자로는 안 보이는데.

그 밖에, 냉탕의 물을 푼 대야에 계속해서 얼굴을 담그고

---

* 따뜻하고 유머러스한 시선으로 일상을 그려내는 작가로 여러 문학상을 수상함. 『어느 멋진 하루』로 데뷔.

있는 사람도 있다.

오, 아자부코쿠비스이의 미네랄을 흡수시키고 있는 거로군. 남탕에는 그런 사람이 없었다. 아니다, 남성 에스테틱도 번성하는 시대다. 젊은 손님 중에는 있을지도 모르겠다.

참고로 친구와 온천에 가면 친구는 거품이 빽빽하게 일기 전까지 절대로 얼굴을 씻어내지 않는다. 샤워기도 절대 사용하지 않고 양손으로 물을 떠 정성스레 씻어내는 모습에서 성격이 나오는구나 싶다.
이렇게 하고 있는 여성들 꽤 많습니다.

문자라서 생각나는 대로 가볍게 적은 글이지만 다카하시 씨의 스타일을 알 것 같은 글도 있다. 대충 비누 거품이 나면 샤워기로 휙 씻어낼 것 같다. 남자가 씻는 방법에 가까울지도 모르겠다.
그나저나 과연 아자부 목욕탕의 여탕은 이런 모습이로군.
다카하시 씨 레포트 고마워요.

남탕도 마찬가지로 매일 다니면 그 지역 사람들의 인품이라는 게 점점 보이겠지. 목욕탕이라는 게 본디 지역 생활과 밀접하게 이어져 있다.

나는 아직은 한낱 지나가는 손님일 뿐이다. 어디 이뿐일까. 술집도 찻집도 라면 가게도, 가게라는 건 오래 다녀야 비로소 보이게 되는 것이 있다. 익숙해지는 편안함이 있다.

바로 마음이 통한다는 거겠지.

요즘에는 '거기 온천이 좋더라' 하면 우르르 몰려가서는 '아 확실히 기분 좋네. 역시 다르네' 하며 만족한다.

또 어디 가게가 좋다고 하면 너도나도 '가고 싶다, 먹고 싶다' 하면서 긴 행렬을 만들고, 먹고 나서는 고개를 끄덕이며 다음 맛집으로 날아간다.

어쩐지 마음이 안 통한 기분이다.

여러 번 드나들면서 차차 그 미묘한 맛을 알게 되는, 과장을 하자면 자신의 인생 일부가 되는 가게. 사는 동안 그런 가게는 많이 못 만난다. 사람의 일생은 짧다.

한 곳도 못 만날지도 모른다. 그러니 그런 인생 가게가 한 곳이라도 있다면 정보에 휘둘려 여기저기 뛰어다니기만 하는 사람보다는 시지지 않고 방황하지 않으며 즐겁게 삶을 보내지 않을까.

마음이 통한 가게는 분명 가게에도 손님에게도 풍요로운 시간을 만들어주어 별거 없어도 마음이 편안해질 것이다.

비단 가게만이 아니다. 책과 음악과 그림, 영화도 마찬가지겠지. 반복해서 읽고 싶고 듣고 싶고 보고 싶어지는 작품은 반복할 때마다 나이와 더불어 다른 것을 가르쳐준다.

이는 곧 작품을 통해 만드는 사람과 받는 사람의 마음이 통했다는 말이다.

음악을 예로 들자면, 요새는 노래를 너무나 건성으로 흘려듣는다. 마음으로 받아들이지 않고 흘려버린다. 그런 흐름이 대충 만들게 하고 있지 않나. 대충 판매하게 하고 있지 않나.

생각이 너무 나갔나. 너무 나갔다.

탕에 너무 오래 있어서 머리가 탈 났나보다.

머리를 식히며 아자부주반역으로 향하는데 축제 제등이 전신주마다 걸려 있고 축제 음악 소리가 스피커에서 들려온다.

아무래도 오늘은 도리노이치*酉の市인 모양이다.

---

* 매년 11월 유일酉日에 열리는 일본 전통 축제.

상점가에 포장마차가 많이 나와 있다. 그런데 일반 포장마차와는 분위기가 사뭇 다르다. 포장마차가 이른바 길거리 노점상이 아니라 상공회의 사람들이 천막을 치고 운영하는 모의점이었다.

그래도 있을 건 다 있다. 볶음국수도 있고 솜사탕도 있고 꼬치구이도 구워지고 있으며 맥주도 팔고 있어서 사람들이 바글거렸다.

소스 타는 냄새가 바로 축제다.

앉고 싶은 기분이 들어 근처 도미구이 가게에 들어가 볶음국수를 주문한다. 술을 안 파는 가게여서 호지차에 볶음국수. 그 또한 좋다.

바깥의 북적거림이 축제 때 파는 지극히 소박한 소스의 볶음국수를 맛있게 만든다.

온천을 끝낸 후라 마음이 느긋해진 상태여서 평화롭다. 여행지 같다.

순식간에 다 먹어치운 뒤 한숨 돌리고서 차를 한 잔 더 마시고는 가게를 나왔다.

큰 거리 맞은편에 신사가 보인다. 제등이 많이 달려 있어 엄청나게 밝다. 신호를 건넌다 건너자마자 가파른 돌계단. 올라간다.

노란 제등마다 한 글자씩 '주반이나리신사 도리노이치'라고 적혀 있다. 쉴 새 없이 참배객들이 올라왔다가 내려간다.

내 뒤에는 외국인 애인과 손을 잡고 올라온 사람이었다. 사이좋게 영어로 대화를 나누고 있다.

역시 니시아자부*인가?

경내로 보일 만한 게 없어 참배가 끝나면 바로 내려가야 한다. 소원은 없었으나 이왕 나선 길, 주변 사람들의 건강을 빈다.

너무 대충하나. 이러면 신이 모를 텐데.

아, 이 연재가 책이 되면 잘 팔리게 해주세요, 하고 빌었어야 했는데. 이 생각을 했을 땐 이미 늦었다.

둘러보니 운세 제비뽑기가 있었다. 뽑았는데 소길이 나왔다. 살짝 아쉬웠으나, 아사쿠사에서 여태 본 적 없는 좋은 말투성이인 대길을 뽑았으니 딱 좋다 싶었다.

딱 좋은 것이 말 그대로 딱 좋다. 오늘 온천물은 한마디로 딱 좋았다.

---

* 각국의 대사관이 즐비해 있어 외국인이 많다. 우리나라의 서래마을과 분위기가 비슷하다.

그러고 보니 과거에는 목욕탕에 들어갈 땐 "잘 먹겠습니다", 나올 땐 "잘 먹었습니다"가 인사였다고 한다.

물을 잘 먹겠다는 것도 이상하지만 잘 먹었다고 하니 조금 위화감이 드는데, 지금도 목욕탕 업계에서는 일반적으로 그렇게 인사를 한다고도 한다.

그러고 보니 이 연재 처음에 쓰나시마온천에서 온천을 끝낸 후에 할아버지가 말하지 않았던가.

"아, 역시 목욕은 기분이 좋아. 최고의 진수성찬이로군!"

용기가 조금 필요한 말이지만 좋은 목욕이었으니 말해볼까.

좋은 물이었습니다, 잘 먹었습니다.

약삭빠르게 옹친

초판 1쇄	2021년 12월 24일
2쇄	2022년 6월 24일

지은이	구스미 마사유키
옮긴이	최윤영

펴낸이	이나영
펴낸곳	북포레스트
등록	제406-2018-000143호
주소	(10871) 경기도 파주시 가재울로 96
전화	(031) 941-1333
팩스	(031) 941-1335
메일	bookforest_@naver.com
인스타그램	@_bookforest_
디자인	팥팥

ISBN 979-11-92025-01-8 03830